Synnøve Solbakken

Bjørnstjerne Bjørnson

Synnøve Solbakken
Copyright © Jiahu Books 2013
First Published in Great Britain in 2013 by Jiahu Books – part of
Richardson-Prachai Solutions Ltd, 34 Egerton Gate, Milton Keynes,
MK5 7HH
ISBN: 978-1-909669-44-4
Visit us at: **jiahubooks.co.uk**

1ste Kapitel

I en stor dal kan der være et til alle sider fritliggende højt sted, som solen bærer stråler på, fra det den går op til den faller. Og de som bor tættere under fjællene og sjældnere får sol, kaller da hint sted en solbakke. Den hvorom her skal fortælles, bodde på en sådan, hvorav gården hadde sit navn. Der la sneen sig sist om høsten, der brånet det også først om våren.

Gårdens ejere var haugianere, og kalltes læsere, fordi de hadde det travlere med at læse i Bibelen æn andre folk. Mannen het Guttorm og konen Karen; de fik en gut som døde for dem, og i tre år kom de ikke på den østre side av kirken. Efter dette tidsforløp fik de en jænte, som de kallte op efter gutten; han hadde hett Syvert, og hun blev døpt Synnøv, da de ikke fant noget nærmere. Men moren kallte henne Synnøve, fordi hun så længe barnet var lite, hadde for vis at lægge „min" til, og det da syntes henne at falle lettere. Hvordan det var og ikke var: den tid jænten blev større, kallte alle henne Synnøve efter moren, og de fleste sa, at i manne-minne var ikke så fager en jænte vokset der i bygden som Synnøve Solbakken. Hun var ikke gammel, før de hvær prækensøndag tok henne med i kirke, skjønt Synnøve i førstningen ikke visste bedre æn at præsten stod og skjændte på Slave-Bent, som hun så sitte like nedenfor prækestolen. Dog vilde faren hun skulde være med — „for at få vanen", sa han; og moren vilde det samme, „da ingen visste hvorledes hun imidlertid blev passet hjæmme". Var der på gården noget lam, kid eller nogen liten gris som vantrivdes, eller en ko som noget ondt kom over, blev det altid git Synnøve til ejendom, og moren syntes vite, at fra den stund kom det sig; faren trodde ikke rigtig det kom derav, men det var i alle fall det samme hvem av dem ejde fæet, når det blot trivdes.

På den andre siden av dalen og tæt under det høje fjæll lå en gård som het Granlien, så kallet, fordi den lå midt i en stor granskog, den eneste i vid omkreds. Ejerens oldefar hadde været blant dem som lå i Holsten og væntet Russen, og fra denne færd bar han mange fremmede og forunderlige frøsorter med hjæm i tornistret. Dem plantet han rundt sine hus; men i tidens længde var én efter én gåt ut; kun nogle grankongler, som sært nok var kommet iblant, hadde sat stærk skog, og skygget nu husene til alle sider. Holstenfareren hadde hett Torbjørn efter sin bestefar,

5

hans ældste søn Sæmund efter faren, og således hadde på den gård ejerne skiftevis hett Torbjørn og Sæmund — op i uminnelige tider. Men det ord gik, at i Granlien hadde blot annen hvær mann lykken med sig, og det var ikke han som het Torbjørn. Da den nuværende ejer, Sæmund, fik den første søn, tænkte han mangehånde derved, men turde dog vanskelig bryte slægtens skik og kallte ham derfor Torbjørn. Grunnet han da over, om ikke gutten kunde opdrages slik, at han kom forbi den skjæbne-sten snakket hadde lagt i hans vej. Han var ikke rigtig viss på det, men han syntes mærke stridigt sinn hos gutten; „det skal plukkes ut", sa han til moren, og såsnart Torbjørn var blet tre år, satte faren sig stundom hen med et ris i hånden, tvang ham så til at bære alle vedtrær tilbake på sin plass, ta op igjæn den kop han hadde kastet, klappe katten som han hadde kløpet. Men moren gik gjærne ut, når det sinn kom over faren.

Sæmund undredes ved, at alt som gutten blev større, var der mere at rette hos ham, og det uagtet han stedse blev strængere medfaren. Han holdt ham tidlig til boken, og lot ham gå med på marken for at kunne ha et øje med ham. Moren hadde stort hus og småbarn; hun kunde ikke mere æn klappe og formane sønnen, hvær morgen hun klædde ham på, og tale sagte med faren, når helligdagene samlet dem. Men Torbjørn tænkte, når han fik hugg, fordi a-b sa ab og ikke ba, og fordi han ikke hadde lov at gi lille Ingrid ris, som faren gav ham: „Det er dog underligt, at jeg skal ha det så slemt, og alle småsøsknene mine skal ha det så godt."

Da han var mest omkring faren, og han ikke turde tale synderligt til ham, blev han ordknap, skjønt ikke fåtænkt. Engang unslap det ham dog, mens de drog på det våte høj: „Hvorfor er alt højet tørt og inne derover på Solbakken, og her er det vått?" — „Fordi de har oftere sol æn vi." — Det var første gang han la mærke til, at den solglans der borte, han titt hadde sittet og glædet sig ved, stod han selv utenfor. Siden den dag fallt hans øjne oftere på Solbakken æn før. „Sit ikke der og gap," sa faren og gav ham et puf; „ herover må vi slite det vi kan, både liten og stor, skal vi få noget i hus."

Sæmund skiftet tjenestegut, da Torbjørn kunde være omkring de syv-otte. Aslak het den nye, og han var nok allerede vid-rejst, skjønt han blot var ungutten ænda. Den kvæll han kom, var Torbjørn gåt til sengs, men den næste dag han sat og læste, slog én døren op med et sådant spark som han aldrig hadde hørt før, og det var Aslak, som kom drivende med et stort fange ved, — slængte det med fart ned på gulvet, så skierne føk til alle sider. Selv hoppet han højt i vejret for at trampe sneen av sig, og for hvært hopp ropte han: „Det er koldt, sa trollbruden, hun sat i is til bæltet!" Faren var ikke inne, — men moren sopte sneen sammen og bar den stilltiende ut. "Hvad glaner du efter?" sa Aslak til Torbjørn. "Ikke efter noget," svarte denne, ti han var rædd. "Har du set den hanen som du har bak i boken der?" "Ja." "Han har fullt av høns omkring sig, når boken er lukket i — har du set det?" "Nej." "Så se efter!" Gutten gjorde så. "Du er en tosk!" sa Aslak til ham. — Men fra den stund hadde ingen den magt over ham som Aslak.

"Du kan ingenting," sa Aslak en dag til Torbjørn — denne piltet som sædvanlig efter ham for at gi agt. "Jo, jeg kan til den fjærde part." "Pytt! Nej, du har ikke engang hørt om trollet, som danset så længe med jænten, til solen rant, og det revnet som en kalv der har spist surmælk!" I sine levedager hadde Torbjørn ikke hørt så meget kunskap på én gang. "Hvor var det?" spurte han. "Hvor? — Ja det — jo, det var borte på Solbakken der!" Torbjørn stirret. "Har du hørt om ham som solgte sig til fanden for et par gamle støvler?" Torbjørn glæmte at svare, så forundret var han. "Du tænker vel på hvor det var — he? — —

Det var også borte på Solbakken der, rigtig like ned i den bæk du ser! — — — Vorherre bevar os! Det står dårlig til med

din kristendomskunskap," sa han videre. "Du har vel ikke engang hørt gjeti henne Kari Træstakk?" Nej, han hadde ingenting hørt. Og mens Aslak nu arbejdet fort, fortalte han ænnu fortere, — og det var om Kari Træstakk, om kværnen som malte salt på havsens bund, om fanden med træsko på, trollet som fik skjægget fast i en træstamme, de syv grønne jomfruer som nappet håret av Skytterpers lægger, mens han sov og umulig kunde vågne — og altsammen foregik borte på Solbakken. "Hvad i Guds navn går der av gutten?" sa moren den næste dag. "Han har nu ståt på knæ der borte på bænken og set utover til Solbakken, fra det blev lyst." "Ja, idag har han det travelt," sa faren, som lå og hvilte sig den lange søndag. "Å, folk siger at han har fæstet Synnøve Solbakken," sa Aslak; "men folk siger også så meget," la han til. Torbjørn forstod det ikke rigtig, men blev dog ildrød over det hele ansigt. Da Aslak gjorde opmærksom herpå, krøp han ned av bænken, tok sin katekismus og satte sighen at læse. Ja, trøst dig med Guds ord du," sa Aslak; "du får henne så ikke allikevel."

Da det led så langt frem i uken, at han tænkte de hadde glæmt det, spurte han moren ganske sagte (ti han var unselig ved det): "Du — hvem er Synnøve Solbakken?" "Det er en liten jænte, som en gang skal eje Solbakken." "Har hun ingen træstakk da?" Moren så forundret på ham:

„Hvad er det du siger?" sa hun. Han følte det måtte være noget dumt, og tidde. „En har aldrig set vakkrere barn, æn hun er," la moren til, „og det har hun fåt i løn av Vorherre, fordi hun bestandig er snill og bra og flittig til at læse." Nu visste han det med.

En dag Sæmund hadde været i marken sammen med Aslak, sa han om kvællen til Torbjørn: „Du skal ikke oftere være sammen med tjenestegutten." Men Torbjørn agtet ikke videre på det. Så lød det en stund efter: „Dersom du finnes oftere sammen med ham, går det dig ikke godt!" Da sneg Torbjørn sig efter ham, når faren ikke så det. Denne kom over dem, der de sat og talte sammen; da fik Torbjørn pryl og blev jaget in. Men siden passet Torbjørn Aslak op, når faren ikke var hjæmme.

En søndag faren var i kirke, gjorde nok Torbjørn ugagn hjæmme. Aslak og han kastet sneball på hværandre. „Nej, nej, du kvæler mig," bad Torbjørn; „lad os kaste sammen på noget annet." Aslak var straks færdig, og så kastet de først efter den spinkle gran borte ved buret, så efter burdøren, og ændelig efter burvinduet, — ikke dette selv, sa Aslak, men listen omkring det. Torbjørn traf imidlertid ruten og blev blek. „Pytt, hvem får vite det? Kast bedre!" Han så gjorde, men traf nok en. „Nu vil jeg ikke mere." I det samme kom hans ældste søster, lille Ingrid ut. „Kast efter henne, du!" Torbjørn var straks færdig, jænten gråt, og moren kom ut. Hun bad ham holde inne. „Kast, kast!" hvisket Aslak. Torbjørn var het og ophisset; han gjorde så. „Jeg mener du går fra vettet, jeg," sa moren og rænte mot ham. Han foran, hun efter — gården rundt; Aslak lo, og moren truet. Men der fik hun ham fat oppe i en snedrive, og gav sig i færd med rigtig at dænge ham. ,Jeg slår igjæn, jeg, det bruker de her." Moren holdt forundret inne og så på ham. „Det har en annen lært dig," sa hun så, tok ham stilltiende ved hånden og førte ham in. Hun sa ikke et ord mere til ham, men stelte godt for hans småsøsken, og talte med dem om, at nu kom far snart hjæm fra kirken. Da begynte det at bli dygtig hett i stuen. Aslak bad om lov til at besøke en slægtning, — det fik han straks; men Torbjørn blev meget mindre, da Aslak var gåt. Han hadde frygtelig vondt i maven, og var så klam i hænderne, at han svedte boken, når han tok i den. Bare mor ikke vilde sige noget til far, når han kom hjæm; men at be derom fik han ikke over sig. Alt han så på, skiftet utseende, og stueuret sa: Bank, bank — bank, bank! Han måtte op i vinduet og se på Solbakken. Den alene lå tilsnedd, stille, og perlet i solen, som bestandig; huset stod og lo ut av alle ruter, og der var visselig ikke en eneste itu. Røken for forfærdelig glad op av pipen, så han kunde forstå, at de også der kokte for kirkefolket. Der gik bestemt Synnøve og så ut efter far sin, og skulde slet ikke ha hugg, når han kom hjæm. Han visste

8

ikke hvad han skulde ta sig for, og blev på én gang så kjærlig mot sine søstre, at det var ingen ænde på det. Ingrid var han så god mot, at han gav henne en blank knap, som han hadde fåt av Aslak. Hun tok ham om halsen, og han tok henne om halsen: „Kjære vesle Ingrid min, er du sint på mig?" — „Nej, vesle Torbjørn! Du kan gjærne kaste så meget sne på mig som du vil." Men dér trampet en sneen av sig i svalen! Det var ganske rigtig faren; han syntes mild og god, og det var ænnu værre. „Nu?" sa han og så sig omkring, — og det var forunderligt, at ikke stueuret ramlet ned. Moren satte maten frem. „Hvordan står det til her?" spurte faren, idet han satte sig og tok skeen op; — Torbjørn så på moren, så tårerne kom ham i øjnene. „Å — jo," sa hun rent utrolig langsomt, og hun vilde sige ænnu mere, det så han nok. Jeg gav Aslak lov til at gå ut," sa hun. — Det var nu den gang, tænkte Torbjørn; han tok på at leke med Ingrid, som om han ikke tænkte på nogen værdens ting. Så længe hadde faren aldrig spist, og Torbjørn gav sig tilsist i færd med at tælle hvær bit; men da han kom til den fjærde, vilde han se hvor meget han kunde tælle op mellem den fjærde og femte, og således gik det i stykker for ham. Ændelig rejste faren sig og gik ut. Ruterne, ruterne! — klirret det for ørene på ham, og han så efter om de var hele, de som var i stuen. Jo, de var hele allesammen. Men nu gik også moren ut. Torbjørn tok lille Ingrid i fang, og sa så blidt, at hun måtte forundret stirre på ham: „Vi to skal leke gulldronning i enge, vi!" Det vilde hun da gjærne. Og så sang han, mens benene skalv under ham:

> Vesle blomme,
> enge-blomme,
> hør nu litt på mig!
> Og vil du være kjæresten min,
> så skal du få en kåpe fin
> av fløjel og gull,
> av perler full.
> Ditteli, dutteli, deja —
> og solen skinner på heja!

Så svarte hun:

> Gulldronning,
> perledronning,
> hør nu litt på mig!
> Jeg vil ej være kjæresten din,
> jeg vil ej have kåpen fin
> av fløjel og gull,

9

av perler full.
Ditteli, dutteli, deja —
og solen skinner på heja!

Men som nu denne lek var best i gang, kom faren in og satte øjet
visst på ham. Han trykket Ingrid tættere i fang og fallt slet ikke av stolen.
Faren vændte sig bort, sa ingenting; en halv time gik, han hadde ænnu
intet sagt, — og Torbjørn vilde næsten begynne at være glad, men turde
ikke. Han visste ikke hvad han skulde tro, da faren selv hjalp til at klæ
ham av; han begynte så småt at skjælve igjæn. Da klappet faren ham på
hodet og strøk hans kinn; det hadde han ikke gjort, så langt tilbake
gutten kunde huske, og derfor blev han så varm om hjærtet og over den
hele krop, at frygten rant av ham som is for solstik. Han visste ikke
hvorledes han kom i seng, og da han hverken kunde gi sig til at synge
eller rope, la han hænderne stille overkors, bad Fadervor seks ganger
fremlængs og baklængs, ganske sagte, — og følte, idet han sovnet in, at
der var dog ingen på Guds grønne jord han holdt slik av som far sin.

Den næste dag vågnet han i en forfærdelig angst, fordi han ikke
kunde skrike; ti han skulde nu allikevel ha pryl. Da han slog øjnene op,
mærket han til stor lettelse, at han bare hadde drømt det, men mærket
også snart, at en annen skulde nætop ha pryl, og det var Aslak. Sæmund
gik op og ned ad gulvet, og Torbjørn kjænte nok den gang. Den noget
lille, men undersætsige mann så en og annen gang under de buskede
bryn således hen til Aslak, at denne nok følte hvad der lå i luften; Aslak
selv sat oppe på bunden av en stor tønne, ned ad hvilken hans ben
dinglet eller krøket opover. Han hadde som sædvanlig hænderne i
lommen og huen på hodet trykket let ned, så at det tykke, mørke hår
stak i dusker frem under skyggen. Den litt skjæve munn var ænnu
skjævere, det hele hode holdt han litt på skakke, og så til Sæmund fra
siden av under halvt tillukkede øjenlåk. „Ja, gutten din er gal nok," sa
han; „men værre er det, at hæsten din er trollskræmt." Sæmund stanset:
„Du er en gap!" sa han, så det drønet i stuen, og Aslak lukket øjenlåkene
ænnu tættere til. Sæmund gik på ny; Aslak sat en stund stille. „Jogu er
den trollskræmt, jo!" og skottet efter ham, for at se hvad virkning det
hadde. „Nej, men den er skogrædd, er den/' sa Sæmund fremdeles
gående; „du har fællt træ over den i marken, din uvorne slusk, og derfor
kan ingen længer få den til at gå rolig der." Aslak hørte en stund på dette.
Jaja! tro det, du. Troen skjæmmer ingen... Men jeg tviler på den gjør
hæsten din god igjæn," la han til og skubbet sig i det samme længre in på
tønnen og dækket for ansigtet med den ene hånd. Sæmund kom ganske
rigtig hen til ham og sa sagte, men uhyggelig nok: „Du er en ond..."

„Sæmund!" lød det borte fra åren; det var Ingebjørg, konen, som tysset på ham, likesom hun sat og tysset på den minste, der var bange og vilde skrike. Barnet hadde tiet før, og nu tidde også Sæmund; men han? stak dog sin for en så undersætsig mann meget lille næve like op under næsen på Aslak og holdt den der en stund, idet han lutet sig frem og brænte ham med øjnene i ansigtet. Derpå gik han som før, og så hen til ham en og annen gang i hast. Aslak var meget blek, men lo dog med det halve ansigt over til Torbjørn, idet han holdt den side ganske stram, som vændte mot Sæmund. „Vorherre give os et godt tålmod!" sa han om litt, men bøjde i det samme albuen op, som for at avbøte et slag. Sæmund stanset tvært, og skrek med al sin stemme, idet han satte foten i gulvet, så Aslak gav sig: „Nævn ikke ham — du!" — Ingebjørg rejste sig med spædbarnet og tok ham mildt i armen. Han så ikke til henne, men lot dog i det samme armen falle. Hun satte sig, han gik atter op og ned; men ingen sa noget. Da dette varte en stund, måtte Aslak til på ny. ‚Ja ... han har vel meget at bestille på Granlien — han!" „Sæmund! Sæmund!" hvisket Ingebjørg; men før det nådde frem, var Sæmund alt raset hen til Aslak, som satte foten for. Den blev brutt ned, karen grepet i den og trøjekraven, løftet og således sat imot den lukkede dør, at fæl-lingen gik ut, han ut igjænnem den på hodet. Konen, Torbjørn, alle barnene skrek og bad for ham, og hele huset stod i én jammer. Men Sæmund ut efter ham, husket ikke på at lukke døren ordentlig op, men spænte resterne til side, tok ham annen gang, bar ham ut av svalen, ut på gården, løftet ham højt og kastet ham med al magt ned igjæn. Og da han mærket, at der var for megen sne til at han kunde slå sig til gagns, satte han knæet på hans bryst og for ham like op i ansigtet, løftet ham tredje gang, bar ham til et mere snefrit sted, som en ulv der drar en sønder-reven hund, slap ham atter, værre end før, knægik ham ... og ingen kunde vite hvorledes dette hadde ændt, dersom ikke Ingebjørg var styrtet imellem med spædbarnet i armen: „Gjør os ikke ulykkelige!" skrek hun.

En stund efter sat Ingebjørg i stuen, Torbjørn klædde sig, faren gik atter op og ned, drak nu og da litt vand; men hånden dirret slik, at vandet fløj over koppen og klasket i gulvet. Aslak kom ikke in, og Ingebjørg gjorde om litt mine til at gå ut. „Bliv inne," sa han — som var det ikke til henne han talte, og hun blev inne. En stund efter gik han dog selv. Han kom ikke in igjæn. Torbjørn tok sin bok og læste uavladelig, uten at se op, skjønt han ikke samlet én sætning.

Et stykke længre frem på formiddagen var huset i sin gamle orden, skjønt alle hadde en følelse over sig som efter et fremmed besøk. Torbjørn våget at gå ut, og den første han møtte utenfor døren, var

Aslak, som hadde læsset alt sit tøj på en kjælke; men kjælken var Torbjørns. Torbjørn stirret på ham; ti han så stygg ut. Blodet var klæbet fast til ansigtet og smurt vidt ut over, han hostet og tok sig ofte for brystet. Han så en stund stilltiende på Torbjørn, og så brøt han stærkt frem: Jeg liker ikke de øjnene dine, gut!" Dermed skrævde han over kjælken, satte sig og akte nedover. „Du får se til hvor du finner kjælken!" sa han og lo, idet han ænnu en gang vændte sig og rakte tunge ad ham. Da rejste Aslak.

Men i den uke som fulgte, kom lensmannen dit; faren var stundom borte, moren gråt, og hun var også et par ganger borte. „Hvad er det, mor?" — „Å, Aslak har forvoldt det altsammen."

Så en dag grep de lille Ingrid i, at hun sat og sang:

O du livsalige værden!
Nu er jeg lej av din færden:
jænten stikker foten frem,
gutten går fra sine fem,
matmor blander vand i mat,
matfar ligger lang og lat;
katten er den klokeste i huset,
han stjæler rømmen av kruset.

Der blev vel et spurlag efter, hvor hun hadde lært den visestump. Jo, det var av Torbjørn. Denne blev meget rædd, og sa, han hadde lært den av Aslak. Det sagdes ham da, at dersom han selv sang eller lærte henne flere slike viser, fik han hugg. Litt efter kom lille Ingrid til at banne. Torbjørn blev atter kallt til, og Sæmund mente det var bedst, han fik litt av riset med det samme; men han gråt og lovte så fagert for sig, at han slap for denne gang.

Den næste prækensøndag sa faren til ham: „Idag skal du slippe at gjøre ugagn hjæmme; du skal følge med mig til kirke."

2det Kapitel

Kirken står i bondens tanke på et højt sted og for sig selv, fredlyst, med graves højtid omkring, messens livlighed inne. Den er det eneste hus i dalen hvorpå han har anvændt pragt, og dens spir rækker derfor også litt længer æn det synes at række. Dens klokker hilser langvejs hans gang dit den rene søndagsmorgen, og han løfter altid på huen til dem, som han vilde sige dem et „Takk for sist!" Der er et forbund imellem ham og dem, som ingen kjænner. Tidlig stod h a n vel i den åpne dør og lyttet til dem, mens kirkefølget drog i stille tog forbi nede på vejen; far laget sig til, men han selv var for liten. Han forbant da mangen forestilling med denne tunge, stærke lyd, der regjerte mellem fjællene en time eller to og ljomet fra det ene til det annet; men én var uadskillelig fra dem: rene, nye klær, skinnende kvinner, pudsede hæster med blankt sæletøj.

Og når de så en søndag ringer over hans egen lykke, der han selv i splinternye, men for store klær går stø ved sin fars side og skal første gang derhen, jo, da er der jubel i dem! Da kan de vel slå alle dører op for hvad han vil få at se! Og på tilbakevejen, når de larmer henover hodet, ænnu tungt og vuggende på sange, messer, prækenord, der jager og jages av hvad øjet på samme rid har optat: altertavlen, dragter, personer, — da hvælver de også én gang for alle tak over dette samlede intryk, og vier in den mindre kirke han herefter bærer i sit indre.

Litt ældre må han gjæte til fjælls; men når han den vakkre, duggfulle søndagsmorgen sitter på stenen med kreaturene nedenfor sig og hører kirkeklokkerne over deres bjæller, da blir han tungsindig. Ti der klinger i dem noget lyst, let, lokkende dernedefra, tanke om kjænninger ved kirken, glæde når man er der, ænnu større når man har været der, god mat hjæmme, far, mor, søsken, lek på vollen den glade søndagskvæll ... og det lille hjærte gjør opstand i brystet. Men det ænder dog altid med, at det var kirkeklokkerne som lød; han husker sig om og finner tilsist en halv salmestubb, han kan; den synger han med foldede hænder og et langt øje ned i dalen, siger så en liten bøn ovenpå, springer op, er glad og støter i luren, så det skraller i fjællene.

Her i de stille fjælldaler har ænnu kirken sin særskilte tale til enhvær alder, sit eget syn for ethvært øje; meget kan ha bygget imellem, men aldrig noget over. Den står voksen og færdig for konfirmanten; med oprakt finger, halvt truende, halvt vinkende, for ynglingen som har gjort sit valg; bredskuldret og stærk over mannens sorg; rummelig og mild over oldingen som er træt. Midt under gudstjenesten inledes og døpes de små barn, og det er bekjænt nok, at under denne handling er andagten størst.

Man kan derfor ikke tegne norske bønder, fordærvede eller ufordærvede, uten et eller annet sted at støte sammen med kirken. Det vil synes en ensformighed; men det er måske ikke den værste. Dette være sagt én gang for alle, og ikke nætop for det kirke-besøks skyll som her kommer.

Torbjørn var glad til turen og synet, fik forunderlig mange farver i øjnene utenfor kirken, følte den stillhedens tyngde som lå over alle og alt innenfor, da messen ænnu ikke var begynt; og skjønt han selv ikke husket at bøje hodet, da bønnen blev læst, var det dog som bøjd ved synet av flere hundre bøjde hoder. Sangen gik, og alle sang på én gang omkring ham, så det blev ham næsten forfærdeligt. Så hensunken sat han, at han skvatt op som av en drøm, da deres stol sagte blev åpnet for en som trådte in. Efter ænndt sang tok faren hin mann i hånden og spurte: „Står det godt til på Solbakken?"

Torbjørn fik øjnene op; men hvorledes han så eller ikke så, var der liten forbindelse at søke mellem denne mann og noget slags troldom. Det var en mild, lyslett mann, med store blå øjne, høj panne og høj i sætet; han smilte, når en talte til ham, og sa ja til altsammen Sæmund sa, men var ellers fåtalende. — „Der kan du få henne Synnøve at se," sa faren, idet han lutet sig ned til Torbjørn, tok ham på knæ og pekte over i den like overfor værende kvinnfolkstol. Der stod en liten pike på knæ oppe på bænken og så ut over rækværket; hun var ænnu lysere æn hin mann, så lys, at han aldrig hadde set maken. Hun hadde røde flaggerbånd i huen, hvitgule hår inunder, og lo nu over til ham, så han en lang stund ikke kunde se på annet æn hennes hvite tænder. Hun holdt en skinnende salmebok i den ene hånd og et sammenlagt rødgult silketørklæ i den andre, og moret sig nu med at slå lommetørklædet på salmeboken. Jo mere han stirret, des mere lo hun, og han vilde også stå på knæ på bænken likesom hun. Så nikket hun. Han så en stund alvorlig på henne; så nikket han. Hun lo og nikket en gang til; han nikket atter, og en gang til, og ænnu en gang. Hun lo, men nikket ikke mere — før om litt, da han atter hadde glæmt det, så nikket hun.

Jeg vil også se!" hørte han bak sig — og følte i det samme en drage ham efter benene ned på gulvet, så han var nær ved at falle; det var en firskåren liten en, som nu arbeidet sig tappert op i hans sted. Han hadde også lyst, men stridt hår, og en but næse. Aslak hadde nok lært Torbjørn, hvorledes de slemme gutter han møtte i kirke og skole, skulde tages. Torbjørn knep derfor gutten bak, så han vilde til at skrike, men holdt inne og kravlet i dettes sted meget fort ned igjæn av bænken, og tok Torbjørn i begge øren. Denne grep fat i hans lugg og satte ham in under sig; hin skrek ænnu ikke, men bet Torbjørn i låret; Torbjørn trak det tilbake og satte hans ansigt like lukt i gulvet. Da blev han selv tat i trøjekraven og løftet op som en halmsæk, — det var faren, som satte ham i fang. „Var det ikke i kirken, fik du pryl," hvisket han ham in i øret, og trykket hans hånd, så det sved like ned i foten. Han husket på Synnøve og så over; hun stod der ænnu, men så stirrende og fortapt, at han begynte at ane hvad han hadde gjort, at det måtte være noget rigtig galt. Såsnart hun mærket at han så på henne, krøp hun ned av bænken og var ikke mere at se.

Der kom klokker, der kom præst frem: han hørte og så vel på dem; der kom atter klokker og atter præst, — men ænnu sat han der på farens fang og tænkte: skal hun ikke snart se op igjæn? Hin kar som hadde trukket ham ned av bænken, sat på en skammel længer inne i stolen, og hvær gang han vilde rejse sig, fik han et puf i ryggen av en gammel en, som sat og dubbet, men vågnet regelmæssig hvær gang hin gjorde mine til at rejse sig. „Skal hun ikke snart se op igjæn," tænkte Torbjørn, og hvært rødt bånd, som han så røre på sig rundt omkring, minnet om dem hun hadde, og hvært tilstaset billede i den gamle kirke var enten nætop så stort eller litt mindre æn henne. Jo, der stak hun hodet op! Men straks hun fik se ham, trak hun det alvorlig ned igjæn. — Klokkeren kom frem, og præsten ænnu en gang, der blev ringet, og man rejste sig. Faren taler atter sagte med den lyse mann, de går sammen over til kvinnfolkstolen, hvor man også hadde rejst sig. Den første som kom ut derfra, var en lys kone, der smilte likesom mannen, men dog mindre; hun var ganske liten og blek og holdt Synnøve ved hånden. Torbjørn straks like mot denne; men hun trak sig hurtig unda ham, rundt om morens kjole. „Lad mig være!" sa hun. „Han der har nok ikke før været i kirke," sa den lyse kone og la hånden på ham. „Nej, derfor slåss han også den første gang han er der," sa Sæmund. — Torbjørn så skamfull op på henne, og derfra på Synnøve, der syntes ham ænnu alvorligere. De gik alle ut — de ældre i samtale, men Thorbjørn efter Synnøve, som trak sig tættere til moren, hvær gang han kom henne nær. Den andre gutten så han ikke mere. Ute

15

på kirkevollen stanset de og begynte en længere samtale. Torbjørn hørte flere ganger Aslak nævne, og da han var bange for, der også kunde tales litt om ham selv med det samme, trak han sig tilbake. „Du skal ikke høre dette," sa moren til Synnøve; „gå en smule bort, vennen min; gå bort, siger jeg!" Synnøve drog sig nølende tilbake. gik da nærmere hen til hende og saa paa hende, og hun saa paa ham, og saadan stod de en lang Stund blot og saa paa hverandre. Endelig sagde hun: "Fy!" - "Hvorfor siger du Fy?" spurgte han. "Fy!" sagde hun nok en Gang, - "Fy, skamme dig!" lagde hun til. "Hvad har jeg da gjort?" "Du har slaas i Kirken, og medens Præsten stod og messede, - fy!" - "Ja, men det er længe siden." Dette slog hende, og hun sagde om lidt: "Er det dig, som hedder Thorbjørn Granliden?" "Ja, og det er dig, som hedder Synnøve Solbakken?" "Ja. - - Jeg har bestandig hørt, at du var saadan en snil Gut." "Nej, det er ikke sandt, for jeg er den Slemmeste af alle os hjemme," sagde Thorbjørn. "Nu har jeg aldrig hørt!" . . . sagde Syn- nøve og slog de smaa Hænder sammen: "Mor, Mor! han siger . . ." "Ti stille og gaa bort!" mødte hende fra den Kant, - og hun standsede, vendte derpaa langsomt og baglængs tilbage, med de store Øjne heftet paa Moderen. "Jeg har bestandig hørt, at du var saa snild," sagde Thorbjørn. "Ja det er sommetider, naar jeg har læst, det," svarte hun. - - "Er det sandt, det er saa overlag fuldt med Nisser og Trold og andet Ondt derborte paa Eders Kanter?" spurgte han, - satte Haanden i Siden, den ene Fod frem og støttede sig paa den anden, - akkurat som han havde set Aslak gjøre det. - "Mor, Mor! ved du hvad han siger? han siger . . ." "Lad mig være, hører du! Og kom ikke hid, før jeg kalder paa dig!" Hun maatte atter langsomt og baglængs tilbage, idet hun puttede en Snip af Tørklædet ind i Munden, bed fast og trak i det. "Er det slet ikke sandt, at hver Nat, saa spiller det i Haugene derborte?" "Nej!" "Har du aldrig set Trold da?" "Nej!" - "Men i Jesu Navn . . ." "Fy, det skal du ikke sige!" - "Aa pyt; det er ikke farligt!" sagde han og spyttede mellem Tænderne for at vise hende, hvorlangt han kunde spytte. - "Jo, jo," sagde hun; "for saa kommer du i Helvede!" "Tror du det?" spurgte han betydelig mygere; thi han havde blot tænkt sig, at han kunde faa Hug for det, og nu stod Faderen saa langt borte. - "Hvem paa Lag er den Stærkeste derover paa Eders Side," spurgte han, og satte Huen lidt mere paa den ene Kant. "Nej, det ved jeg ikke." "Ja paa vor Side er det Fader; han er saa stærk, at han prygler Aslak; og du kan tro Aslak er stærk!" "Jasaa." "Han har en Gang taget og løftet en Hest." "En Hest!" "Det er saa sandt, saa sandt, - for han har selv fortalt det." Da tvivlede jo heller ikke hun. "Hvem er Aslak?" spurgte hun. "Det er vel en slem En, kan du tro. Han Far pryglte

16

ham slig, at her i Verden er nu aldrig Mand bleven pryglt slig før." "Slaas
I derborte hos Eder?" "Ja, sommetider, saa . . . Gjør I ikke det over hos
Eder?" "Nej aldrig." "Hvad gjør I der da?" "Aa, Moder steller Maden,
binder og syr; det gjør Kari ogsaa, men ikke saa godt som Moder, for
Kari er saa lad. Men Randi passer Kjøerne, Fader og Gutterne er i
Marken eller ogsaa hjemme." Dette fandt han var en tilfredsstillende
Forklaring. "Men hver Aften læser vi og syn- ger vi," fortsatte hun, "og
det gjør vi om Søndagen ogsaa." "Allesammen?" "Ja." "Det maa være
langsomt." . . . "Langsomt? Mor, han sig. . ., " men saa huskede hun, at
derhen skulde hun ikke. - "Du kan tro jeg ejer mange Sauer," sagde hun.
"Gjør du det?" "Ja, tre gaar med Lam i Vinter, og den ene tror jeg
bestemt faar to." "Saa du har Sauer, du." - "Ja, jeg har ogsaa Kjøer og
Grise. Har du ingen?" "Nej." - - "Kom bort til mig, skal du faa et Lam.
Saa skal du nok se, at du faar flere af det." "Det vilde være urimelig
trøjsamt." De stod lidt: "Kunde ikke ogsaa Ingrid faa et Lam?" spurgte
han. "Hvem er Ingrid?" "Ingrid, vesle Ingrid?" Nej, hende kjendte hun
ikke. "Er hun mindre end dig?" "Javist er hun mindre end mig, - saapas
som dig." "Aa nej! hende maa du tage med, hører du!" Jo, det skulde han
da. "Men," sagde hun: "da du faar et Lam, kan hun faa en Gris." Det
fandt ogsaa han var langt klogere, og nu fortalte de lidt om fælles
Bekjendte, hvoraf de rigtignok ikke havde mange. Forældrene var
færdige, og de maatte gaa hjem.

Men om Natten drømte han om Solbakken, og syntes han at se bare
hvide Lam derborte og en liden lys Jente med røde Baand gaa midt
imellem dem. Ingrid og han talte hver eneste Dag om at komme derover.
De havde saamange Lam og Smaagrise at passe, at de vidste ikke,
hvorledes de skulde vende sig imellem dem. Imidlertid undrede de sig
meget over, at de ikke kunde gaa did strax. "Fordi om den vesle
Jentungen har bedt Eder?" spurgte Moderen; "har du hørt Sligt før?"
"Jaja vent nu til næste Prækensøndag," mente Thorbjørn, "saa skal I se!"

Den kom. "Du skal være saa slem til at skryde og lyve og bande," sagde
Synnøve da til ham, "at du ikke faar Lov til at komme, før du har lagt
det af." "Hvem har sagt det?" spurgte Thorbjørn forundret. "Mor."

Ingrid var spændt paa Hjemkomsten, og han fortalte hende og
Moderen, hvordan det var gaaet. "Der kan du se!" sagde Moderen; Ingrid
sagde Ingenting. Men herefter passede baade hun og Moderen paa ham,
hvergang han bandte eller skrydte. Ingrid og han kom imidlertid op at
slaas om, hvorvidt "Hunden fare i mig!" kunde være at bande eller ej.
Ingrid fik Prygl, og siden brugte han "Hunden fare i mig!" den hele Dag.

Men om Kvelden hørte Faderen det: "Jo, han skal fare i dig!" sagde han og drev til ham, saa han tumlede hen. Thorbjørn var mest skamfuld for Ingrid; men hun gik om en liden Stund bort til ham og klappede ham .

Da et Par Maaneder led frem, kom de Begge over paa Solbakken. Synnøve var siden hos dem, de atter der, og saaledes under hele Opvæxten. Thorbjørn og Synnøve kaplæste; de gik i samme Skole, og han blev tilsidst flinkere, saa flink, at Præsten tog sig af ham. Men Ingrid gik det daarligere med, og hende hjalp de Begge. Hun og Synnøve blev saa uadskillelige, at Folk kaldte dem "Ryperne", fordi de altid fløj sammen og Begge var meget lyse.

Det hændte sig retsom det var, at Synnøve slog sig vred paa Thorbjørn, fordi han var vel vild af sig og ragede i Klammeri baade hist og her. Ingrid gik da altid imellem, og de var atter Godvenner som før. Men fik Synnøves Moder høre om Slagsmaal, kom han ikke paa Solbakken den Uge og knapt nok den næste. Sæmund turde Ingen fortælle om Sligt; "han farer for haardt med Gutten," sagde Konen hans og paa- lagde Alle Taushed.

Som de nu voxte til, blev de alle tre fagre at se til, skjønt hver paa sin Maade. Synnøve blev høj og slank, fik gule Haar, et stille, skinnende Ansigt, med store blaa Øjne. Naar hun talte, smilte hun, og Folk sagde tidlig, at det var velsignet at gaa indunder det Smil. Ingrid var mindre, men førere, havde endnu lysere Haar, men et ganske lidet Ansigt, der var blødt og rundt. Thorbjørn blev af Middelshøjde, men saare velvoxen, fik mørkt Haar, dunkelblaa Øjne, skarpt Ansigt og stærke Lemmer. Han plejede gjerne selv fortælle, naar han var vred, at han kunde læse og skrive ligesaa godt som Skolemesteren og frygtede ellers ingen Mand i Dalen - uden Fader sin, tænkte han; men det lagde han ikke til.

Thorbjørn vilde tidlig konfirmeres; men deraf blev der Intet: "saalænge du ikke er konfirmeret, er du bare en Gut, og jeg kan bedre raade med dig!" sagde Fader hans. Saadan bar det da til, at han, Synnøve og Ingrid gik til Præsten paa samme Tid. Synnøve havde ogsaa ventet længe; hun var 15 i det 16de Aar. "En kan aldrig nok, naar En skal aflægge sit Gudsløfte," havde Moderen altid sagt, og Faderen, Guttorm Solbakken, havde sagt Ja dertil. Saa var det ikke rart, at et Par Friere begyndte at vise sig, den ene en bedre Mands Søn og den anden en rig Nabo. "Det er dog for galt! Hun er endnu ikke konfirmeret!" "Ja, saa faar vi konfirmere hende da," sagde Faderen. Men herom vidste Synnøve selv Intet.

Paa Præstegaarden syntes Kvindfolkene af Præstens Familie saa godt om Synnøve, at de tog hende ind for at tale med hende. Ingrid og Thorbjørn stod igjen ude blandt de andre, og da en Gut sagde til ham: "Saa du slap ikke ind med? De tager hende bestemt fra dig!", saa kostede dette hin Gut et blaat Øje. Fra nu af blev det en Skik blandt de andre Gutter at drille ham med Synnøve, og det viste sig ogsaa, at Intet kunde sætte ham i større Vrede. I en Skov opunder Præstegaarden blev der tilsidst og efter Aftale et stort Slagsmaal, der havde dette til Grund; det voxede slig op, at Thorbjørn fik at gjøre med en hel Flok paa een Gang. Kvindfolkene var gaaet i Forvejen, saa der var Ingen til at skille dem ad, og det blev derfor værre og værre. Tabe vilde han ikke, der kom flere indpaa ham, og nu forsvarte han sig paa hvad Maade han bedst kunde, hvorfor der uddeltes Slag, som siden selv fortalte, hvad her var foregaaet. Grunden kom med det Samme op, og der blev stærk Tale om dette i Bygden.

Næste Prækensøndag vilde Thorbjørn ikke gaa til Kirke, næste Dag de skulde være hos Præsten, lagde han sig syg. Ingrid gik derfor alene. Han spurgte hende ved Hjemkomsten, hvad Synnøve havde sagt. "Ingenting."

Da han saa gik med igjen, syntes han alle Folk saa paa sig, og at Konfirmanterne fniste. Men Synnøve kom senere end de andre og var meget inde hos Præstens den Dag. Han frygtede Skjænd af Præsten, men mærkede snart, at de to Eneste i Bygden, som ikke kjendte noget til Slagsmaalet, var hans egen Fader og Præsten. Det kunde endda gaa an; men hvorledes han atter kunde komme i Tale med Synnøve, vidste han ikke; thi det var første Gang han ikke rigtig vilde bede Ingrid gaa imellem. Efter endt Overhøring var atter Synnøve inde hos Præstens; han ventede, saalænge der endnu var andre paa Gaarden; men tilsidst maatte ogsaa han gaa. Ingrid var gaaen blandt de Første.

Næste Dag var Synnøve kommen før alle de andre og gik i Haven med en af Frøkenerne og en ung Herre. Frøkenen tog op Blomster og gav Synnøve, Herren hjalp til, og Thorbjørn stod blandt de andre udenfor og saa paa. De forklarte hende højt nok, saa Alle hørte det, hvorledes disse Blomster skulde sættes, og Synnøve lovede selv at gjøre det, forat det netop kunde blive som de havde sagt. "Det kan du ikke gjøre alene," sagde hin fornemme Mand, og dette tænkte Thorbjørn paa. - Da Synnøve kom ud til de Andre, viste disse hende endnu større Agt end sædvanlig; men Synnøve gik hen til Ingrid, hilste blidt paa hende og bad hende følge med ned paa Volden. Der satte de sig; thi det var længesiden de havde talt rigtig sammen. Thorbjørn stod igjen blandt de Andre og saa paa Synnøves fine udenlandske Blomster.

Denne Dag gik Synnøve paa samme Tid som Alle. "Jeg skal kanske bære de Blomster for dig," sagde Thorbjørn. "Det kan du gjerne," svarede hun blidt, men uden at se paa ham, tog Ingrid ved Haanden og gik foran. Opunder Solbakken standsede hun og sagde Ingrid Farvel. "Jeg skal nok selv bære dem det Stykke, som er igjen," sagde hun og tog Kurven, som Thorbjørn havde sat ned. Den hele Vej havde han tænkt paa at tilbyde sig at plante Blomsterne for hende, men nu kom han sig ikke til; thi hun vendte sig saa braadt. Men siden tænkte han ikke paa Andet end dette, at han dog skulde have hjulpet hende med de Blomster. "Hvad talte I To om?" spurgte han Ingrid. "Om Ingenting."

Da de Andre vel havde lagt sig, tog han sagte paa sig igjen og gik ud. Det var en vakker Kveld, lun og stille, Himlen havde et svagt Overtræk af blaagraa Skyer, hist og her iturevet, saa det var som om Nogen fik skue ud af det dunkle Blaa som af et Øje. Ingen var at se omkring Husene eller længer borte; men i Græsset til alle Sider skvattrede Græshoppene, en Agerrikse malte tilhøjre og svartes af en tilven- stre, hvorpaa der begyndte en Sang i Græsset fra Sted til Sted, saa det var ham, der gik, som havde han et stort Følge, skjønt han ikke saa en Eneste. Skoven trak sig blaa, siden dunkel og dunklere op imod Uren og syntes et stort Taagehav. Men derindefra hørte han Aarren spille og slaa til Lyd, en enkelt Katugle skrige og Fossen at kvæde sine gamle, haarde Riim stærkere end nogensinde, - nu, da Alt havde sat sig ned for at høre paa den. Thorbjørn saa over mod Solbakken og gik afsted. Han bøjede af fra de sædvanlige Veje, kom raskt derover og stod snart i den lille Have, som Synnøve ejede, og som laa ligeunder det ene Loftsvindu, netop det, indenfor hvilket hun sov. Han lyttede og spejdede, men Alt var stille. Da saa han sig om i Haven efter Arbejdsredskaber, og fandt ganske rigtig baade Spade og Greb. Der var begyndt paa Opspadningen af et Kvarter; blot en liden Snip var bleven færdig, men i denne var allerede to Blomster sat, formodentlig forat se, hvorledes det tog sig ud. "Hun er bleven træt, Stakkel, og er gaaen fra det," tænkte han; "her maa en Mand til" tænkte han videre og gav sig ifærd med det, følte slet ingen Lyst til Søvn, ja syntes endog, at han aldrig havde gjort saa let et Arbejde. Han huskede, hvorledes de skulde sættes, huskede ogsaa Præstegaardshaven og passede nu det Ene i det Andet. Natten gik med, men han mærkede det ikke, han hvilte neppe og fik det hele Kvarter opspadet, Blomsterne sat, en og anden omplantet forat faa det endnu smukkere, og alt i Et skottede han op til Loftsvinduet, om dog Nogen skulde bemærke ham. Men hverken der eller andet Steds var der Nogen, ej heller hørte han saameget som en Hund gjø, før Hanen tog paa at gale, vækkede Skogens Fugle, som da en efter en satte sig op at synge "god Morgen". Medens han stod der og klappede Jorden til omkring huskede han paa Eventyrene, som Aslak havde fortalt, og hvorledes han engang troede, der voxte Trold og Nisser over paa Solbakken.

"Jo, her voxer artige Trold og Nisser," tænkte han, og saa endnu en Gang bort over Blomsterne, om de ogsaa nu stod, som de skulde. Han satte Redskaberne tilrette, trak Trøjen paa, som han havde kastet, saa op til Loftsvinduet, og smilte til, hvad Synnøve nu i Morgenstunden vilde tænke, naar hun saa ud efter de prægtige udenlandske Blomster, hun havde ført til Gaards igaar. Det var bleven dygtig lyst, Fuglene holdt allerede et forfærdeligt Spektakel, hvorfor han hivede sig over Gelænderet og skyndte sig hjem. Saa skulde da Ingen kunne sige, det var ham, som havde været over og plantet Blomster i Synnøve Solbakkens Have.

3die Kapitel

Snart blev mangehånde fortalt i bygden; men ingen visste noget

med sikkerhed. Aldrig blev Thorbjørn tiere set på Solbakken, efterat de begge var konfirmeret, og det var dette folk minst kunde forstå. Ingrid kom ofte over, Synnøve og hun gik da gjærne en tur i skogen; — „bliv ikke for længe borte," ropte moren efter dem. „Ånej!" svarte Synnøve — og kom ikke hjæm før i kvællingen. De to friere mældte sig på ny. „Hun får selv være om det," sa moren, og faren mente det samme. Men da Synnøve blev tat avsides og spurt, fik de avslag. Der mældte sig også flere, men ingen hørte om, at de bar lykken med sig hjæm fra Solbakken. Engang moren og hun stod og skuret nogen mælkeringer, spurte moren hvem hun egentlig tænkte på. Det kom så hastig over Synnøve, at hun blev rød. „Har du git nogen noget løfte?" spurte hin igjæn og så sikkert på henne. „Nej," svarte Synnøve raskt. Da blev der ikke tale mere om den ting.

Da hun var det beste gifte folk visste av at sige, så var det lange øjne som fulgte henne, der hun gik ved kirken, det eneste sted hun var til at se foruten i hjæmmet; hun fantes nemlig ikke ved nogen dans eller annen lystighed, såsom forældrene var haugianere. Thorbjørn sat like overfor henne i kirkestolen, men de taltes aldrig ved, så vidt folk kunde mærke. Så meget tyktes hvær og en allikevel at vite, at der måtte være noget imellem dem, og da de ikke omgikkes hinannen på samme vis som annet ungt kjærestefolk i dalen, begynte man at sige mangt og meget. Thorbjørn blev likesom ikke videre likt. Han følte det nok selv; ti han la vel hårdt frem, hvor flere var sammen, således ved danse og i bryllup; og hændte det da, at han en og annen gang gik sig bent frem i et slagsmål. Hermed sagtnet det dog, efterhvært som flere lærte hvor stærk han var; Thorbjørn vænte sig derfor tidlig til ikke at tåle, at nogen stod vel meget i vejen for ham. — „Nu er du kommet på din egen hånd," sa Sæmund, far hans; „husk dog ænnu på, at min kanske er stærkere end din!"

Høst og vinter gik, våren kom, og ænnu visste folk intet bestemt. Der for så mange rygter rundt — om de avslag Synnøve hadde utdelt, at hun halvvejs blev gående som for sig selv. Men Ingrid fulgte henne; de to skulde drage til sæters sammen i år, da Solbakkefolket hadde kjøpt part i

Granlidsæteren. Man hørte Thorbjørn synge oppe i lierne; ti han laget et og annet til for dem.

En vakker dag, da det alt lakket mot kvællen, og han var færdig, satte han sig hen og tænkte på et og annet. Det var nok mest hvad der taltes i bygden, han tænkte på; han la sig på ryggen hen i det røde og brune lyng, og med hænderne opunder hodet gav han sig til at stirre op i himlen, som den gik der blå og skinnende bak de tætte trækroner. Det grønne løv og bar fløt ut over den i en skjælvende strøm, og de mørke grener, som skar igjænnem gjorde sælsomme, ville tegninger deri. Men himlen selv var kun til at se, når et blad blaffet til side; længer borte, mellem de kroner som ikke nådde hværandre, brøt den frem som en bred elv i lunefulle svingninger, og løp henover. Dette stemte hans sinn, og han begynte at tænke på det han så ....

— — Bjørken lo atter med tusen øjne op til granen, furuen stod der med taus foragt og strittet med sine pigger til alle sider; ti efterhvært som luften blev mere kjælen, kviknet flere og flere sjuklinger til, rænte i vejret og stak det friske løv like op i næsen på den. „Montro, hvor I var i vinter?" spurte furuen, viftet sig og svedte harpiks i den utålelige hete. „Det er næsten for galt! — så langt mot nord ... fy-y!"

Men så var det en gammel, gråskallet furu, som så op over alle de andre — kunde ænda bøje en fingerrik gren næsten lodret ned og ta en dristig løn i dens øverste hårtot, så den skalv like ned i knærne. Denne favntykke furu hadde menneskene kvistet altid længer og længer opover, til den engang, træt og kjed av det, med ett skjøt sådan tilvejrs, at den spinkle gran ved siden blev rædd og spurte den om den også husket vinterstormene. „Om jeg husker dem?" sa furuen og dasket den ved hjælp av nordenvinden således om ørene, at den ikke var langt ifra at tape sin holdning, og det var ilde nok. Den storlemmede, mørkladne furu hadde nu sat en så vældig fot i jorden, at tærne stak op en 6 alen ifra den, og var ænda tykkere æn omkring det tykkeste av seljen, hvad denne med undseelse en kvæll hvisket til humlen, som forælsket spant sig opover den. Den skjæggede furu var sig sin vælde bevisst og mælte til menneskene, idet den højt over deres ævner jog gren på gren ut i den ville luft: „Kvist mig, om I kan!"

„Nej, de kan ikke kviste dig!" sa ørnen, nedlod sig nådig, la sine vinger sammen med anstand og pusset noget usselt fåreblod av sine fjær. — „Jeg mener jeg ber dronningen sætte sig her, jeg; — hun har nogen ægg hun skal kaste," tilføjet den sagtere og så ned på sine skallede ben; ti den var skamfull over, at der kom flyvende en del milde erindringer fra hine tidligste vårdage, hvori man blir halvtosset over den første solvarme. Snart hævet den igjæn hodet og blikket under det fjærskygde bryn op i de sorte urer, om dronningen ikke skulde sejle der etsteds, æggtung og lidende. Avsted satte den, og furuen kunde snart se parret oppe imot den klare blå luft, hvor de sejlte i like linje med den højestefjælltop og avhandlet sine huslige anliggender. Det var ikke frit at den var litt urolig; ti så gild den æn følte sig, var det dog ænnu gildere at få et ørnepar at vugge. De kom begge ned — og like til den! De talte ikke til hværandre, men gav sig ifærd med at hænte kvister. Furuen videt sig, om muligt, ænnu mere ut — det var da heller ingen som kunde hindre den deri.

Men mellem den øvrige skog blev der vel en travl snak, da de så hvad ære der var overgåt storfuruen. Der var således en liten, tækkelig bjørk som stod og spejlte sig over en dam og trodde, at den hadde ret til at vænte litt ælskov av en gråhvit linerle, der hadde for vis at sove middag i den. Den hadde duftet linerlen like op i næbbet, klæbet småkryp fast til bladene sine, så de var lette nok at fange; ja, tilsist hadde den i heten bygget og bøjd sammen et tæt lite grenhus, tækket med friske blade — så linerlen virkelig var på vej til at inrette sig der for sommeren. Nu derimot: ørnen hadde sat sig fast i storfuruen, og væk måtte den. Det var vel en sorg! Den sang en trillende avskedssang, men ganske sagte, forat ørnen ikke skulde mærke det.

Bedre gik det ikke nogen småspurver borti et orekjærr. De hadde ført et så syndigt leven der, at en trost tæt ved, oppe i en ask, aldrig fik sove i rette tid, blev stundom lynende sint og gjorde munn. En alvorlig hakkespæt i nabotræet hadde ledd, så den nær hadde drattet av pinnen. Men der så de ørnen i storfuruen! og trosten og småspurven og hakkespætten og alt som flyve kunde, måtte avsted over hals og hode, over og under grenene. Trosten bante, der han fløj, på at han ikke oftere skulde leje slik, at han fik spurvene til gjænboer.

Så stod skogen der omkring forlatt og eftertænksom midt i det muntre solskin. Den skulde ha al sin glæde av storfuruen, men det var en tynn glæde. Skogen bøjde sig bange, hvær gang nordenvinden gik, storfuruen slog luften med sine vældige grener, og ørnen fløj i ring om den, rolig og sindig, som om det blot var en krypende kastevind der bar nogen ussel virak op til den fra skogen. Men den hele furufamilie var glad! Ikke én husket, at den selv intet rede fik at vugge det år. „Væk!" sa de, „vi er av slægten!"

— — Hvad ligger du og tænker på?" spurte Ingrid — hun trådte smilende frem mellem nogen busker, som hun holdt bøjd tilside.

Thorbjørn rejste sig: „Å, så mangt kan leke i ens hug," sa han og så trossig hen over trærne. „Ellers snakker de for meget i bygden på denne tid," la han til, idet han børstet noget støv av sig. „Hvorfor bryr du dig også bestandig om, hvad folk siger?" „Å jeg vet ikke rigtig; — men — ænnu har aldrig folk sagt noget, som ikke har været i mit sinn, om det også ikke har været i min handling." — „Det var styggt sagt." — „Det var det også," sa han; om litt føjet han til: „men det var sant." Hun satte sig på grønsværet, han stod og så ned for sig. „Jeg kan let bli slik, som de vil ha mig; de skulde la mig være som jeg er." „Så er det din skyll tilsist allikevel." — „Kan gjærne være, men de andre har del i en. - - Jeg siger: jeg vil ha fred!" ropte han næsten og så op mot ørnen. „Men Thorbjørn!" hvisket Ingrid. Han vændte sig mot henne og lo. „Hyss, hyss," sa han; „som sagt: mangt kan leke i ens hug. — Har du talt med Synnøve idag?" „Ja; hun er alt draget til sæteren." „Idag?" — „Ja." — „Med Solbakke-bølingen?" — „Ja." „Tralala!"

Å solen ser ned på træet sit,
    triumlire!
„Står du der, du skinnende gulle mit?"
    triumlit, triumlat, —
fuglen vågnet og skvatt:
    „Hvad er på færde? —"

„Imorgen løser vi bølingen," sa Ingrid; hun vilde vænde tanke til en annen kant. „Jeg skal være med at drive!" sa Thorbjørn. — „Nej, far vil selv være med," sa hun. „Ja så," sa han og taug. — „Han spurte efter dig idag," sa hun. „Gjorde han det?" sa Thorbjørn, skar en kvist av med sin tolleknive og begynte at flække den. - - „Du skulde tale oftere med far æn du gjør," sa hun blidt. „Han holder meget av dig," la hun til. — „Det kan gjærne være," sa han. — „Han taler ofte om dig, når du er ute." — „Desto sjældnere, når jeg er inne." „Det er din skyll." — „Det kan gjærne være." — „Slik skal du ikke tale, Thorbjørn; du vet selv hvad der er imellem eder?" — „Hvad er det da?" — „Skal jeg fortælle det?" — „Det kommer vel på ett ut, Ingrid; du vet hvad jeg vet." — „Ja visst; du farer for meget på din egen hånd; det vet du han ikke liker." — „Nej, han vilde nok holde i armen." — „Ja helst når du slog." - - „Skal da folk få lov til at gjøre og sige, hvad de vil?" — „Nej; men du kan også gå litt av vejen; det har han selv gjort, og er blet en agtet mann ved det." — „Han er kanske blet mindre plaget." — Ingrid taug litt, så fortsatte hun efter at ha set sig om: „Det nytter vel ikke at komme in på dette igjæn; men allikevel... hvor du vet at uvenner væntes, bør du være borte." — „Nej, nætop der vil jeg være! Jeg heter ikke Thorbjørn Granliden for ingenting." Han hadde flækket barken av kvisten; nu skar han den midt over. Ingrid sat og så på ham, spurte noget langt: "Skal du til Nordhaug på søndag?" — "Ja." Efter at ha tiet en stund uten at se på ham, sa hun igjæn: "Vet du, at Knut Nordhaug er kommet hjæm til søsterens bryllup?" "Ja. — Nu så hun på ham: "Thorbjørn, Thorbjørn!" "Skal han ha mere lov nu æn før til at gå imellem mig og andre?" "Han går ikke imellem; ikke mere æn andre vil." "Ingen kan vite hvad andre vil." "Det vet du godt." "Selv siger hun i alle fall ingenting." "Å, hvor du kan snakke!" sa Ingrid, så uvillig på ham, rejste sig og så bak for sig. Han kastet sine kviststumper, satte kniven i sliren og vændte sig mot henne: "Hør, — jeg er stundimellem kjed av dette. Folk skjænder æren både av mig og henne, fordi intet går åpenlyst til. Og på den annen kant... jeg kommer jo ikke engang over på Solbakken — fordi forældrene ikke kan like mig, siger hun. Jeg får ikke besøke henne, således som andre gutter besøker sine jænter, fordi hun nu er av de hellige — må vite!" "Thorbjørn!" sa Ingrid og blev litt urolig, men han fortfor: "Far vil intet ord lægge in; — fortjener jeg henne, får jeg henne, siger han. "Snak, bare snak på den ene side — og intet vederlag for snakket på den andre; ja jeg vet ikke engang, om hun virkelig . . ." Ingrid for til og la hånden over hans munn, idet hun så sig tilbake. Der blev buskene atter bøjd tilside, og en høj, slank en trådte blussende rød frem; det var Synnøve.

"God kvæll!" sa hun. Ingrid så på Thorbjørn, som hun vilde sige: der kan du se! — Thorbjørn så på Ingrid, som han vilde sige: det skulde du ikke ha gjort. Ingen så på Synnøve. "Jeg får vel lov at sætte mig litt; jeg har gåt så meget idag." Og hun satte sig; Thorbjørn vændte på hodet som for at se, om det var tørt der hun satte sig. Ingrid hadde latt øjnene løpe nedover til Granliden, og nu ropte hun med ett: "Å nej, å nej! Fagerlin har slitt sig og går midt i nyakeren. Det stygge dyr! Kjelleros også? Nej, nu bær det over sig; det er fornø'n vi snart kommer på sæteren!" — og så la hun nedover henad lierne uten at sige farvel engang. Synnøve rejste sig straks. "Går du?" spurte Thorbjørn. "Ja," sa hun; men hun stod.

"Du tør gjærne vænte litt," yttret han uten at se på henne. — "En annen gang," blev der sagte svaret. — "Det kan bli længe til." — Hun så op; han så nu også på henne; men det var en stund før de sa noget. "Sæt dig igjæn," sa han litt forlegen. "Nej," svarte hun og blev stående. Han følte trossen stige op; men da gjorde hun noget han ikke hadde væntet, — hun gik et skridt frem, bøjde så like mot ham, så ham op i øjet og sa med et smil: "Er du vred på mig?" Og da han skulde se til, så grät hun. "Nej," sa han, luerød i ansiktet.

Han rakte hånden frem; men da øjnene var fulle av vand, mærket hun det ikke, og han drog den tilbake. Så sa han ændelig: „Du har altså hørt det?" „Ja," sa hun, så op og lo; men der var nu flere tårer i øjnene æn før; han visste ikke hvad han skulde gjøre og sige; det fallt ham derfor av munnen: Jeg har kanske været for slem." Det var meget mildt sagt; hun så ned og vændte sig halvt bort: „Du skal ikke dømme om det, du ikke kjænner." Dette var sagt med halvkvalt røst, og han blev helt ille derved; han følte sig som en gutunge og sa derfor også, da han ikke kunde finne noget annet: Jeg ber dig om forladelse." Men da brast hun ut i virkelig gråt. Det kunde han ikke tåle, men gik hen og tok henne om livet og lutet sig nedover henne: „Holder du også rigtig av mig, Synnøve?" — „Ja," hulket hun. „Men du er ikke lykkelig ved det?" Hun svarte ikke. „Men du er ikke lykkelig ved det?" gjæntok han. Hun gråt nu mere æn nogensinde og vilde drage sig unda. „Synnøve!" sa han og tok fastere om henne. Hun la sig op til ham og gråt meget.

„Kom, vi skal tale litt sammen," sa han, og han hjalp henne at sætte sig i lynget; selv satte han sig ved siden. Hun tørret sine øjne og forsøkte på at smile; men det vilde ikke gå. Han holdt en av hennes hænder og så henne in i ansigtet. „Kjære, hvorfor kan jeg ikke komme over på Solbakken?" Hun taug. „Har du aldrig bedt herom?" Hun taug. „Hvorfor har du ikke det?" spurte han og drog hennes hånd nærmere til sig... „Jeg tør ikke," sa hun ganske sagte.

Han blev mørk, trak den ene fot litt til sig og lænet albuen til knæet, idet han la sit hode i hånden . . . „På denne måte kommer jeg vel aldrig derover," sa han ændelig. Istedetfor svar begynte hun at rykke lynget op. „Å ja ... jeg kan vel ha gjort mange ting . . som . . ikke var som de burde. - -En måtte dog bære litt over med mig . . . Jeg er ikke ond — han stanset en stund — jeg er også ung ænnu, — litt over 20 år . . Jeg - -" han kunde ikke fullføre straks. „Men den som holdt rigtig av mig," sa han igjæn - -„måtte dog ..." her stanset han rent.

Da hørte han ved siden av sig dæmpet: „Du skal ikke tale slik ... du vet ikke hvor meget en ... jeg tør ikke engang sige Ingrid det . . (og så igjæn i stærk gråt) .. jeg ... lider . . . . så meget!" Han slog armen om henne og trak henne tæt til sig. „Tal til dine forældre," hvisket han, „og du skal se alting blir godt." — „Det blir som du vil," hvisket hun. „Som jeg?" Da vændte Synnøve sig og bøjde sin arm om hans hals. „ Holdt du såpas av mig som jeg av dig!" sa hun meget inderlig og med et forsøk til smil. — „Og det gjør jeg ikke?" sa han blidt og sagte. — „Nej, nej; du tar intet råd av mig; du vet hvad der fører os sammen, men du gjør det ikke.

Hvorfor gjør du det ikke?" — Og da hun nu var kommen i vej med at tale, så sa hun i samme fart: „Herregud, visste du hvor jeg har væntet på den dag, jeg skulde få se dig over på Solbakken. Men altid skal en høre om noget, der ikke er som det burde være, — og det skal være forældrene selv som bærer det in til en." — Da tændtes likesom et lys for ham; han så henne nu tydelig gå der over på Solbakken og vænte på en liten fredelig stund, hvori hun kunde føre ham blidt frem for forældrene; — men han gav henne aldrig en sådan stund.

„Dette skulde du ha sagt mig før, Synnøve!" — „Og det har jeg ikke gjort?" — „Nej, ikke således." — Hun tænkte litt over dette; så sa hun, idet hun la sin forklæ-snip i små folder: „Så var det vel fordi . . . jeg ikke turde rigtig." Men dette, at hun hadde frygt for ham, rørte ham slik at han for første gang i sit liv gav henne en kyss.

Hun blev så forandret ved det, at gråten stanset med én gang og øjnene blev usikkre, idet hun forsøkte at smile, så ned, ændelig op på ham, og smilte nu virkelig. De talte ikke mere, — dog fant de hinannens hænder igjæn; men ingen av dem turde trykke til. Så drog hun sig sagte tilbake, gav sig ifærd med at tørre sine øjne og sit ansigt, klappe sit hår ned, da det var kommet litt i urede. Han sat der og tænkte i sit stille sinn, mens han så på henne: er hun mere blyg æn de andre bygdens jænter, og vil omgåes på en annen måte, så skal en ikke sige noget dertil.

Han fulgte henne op til sæteren, som ikke lå langt unda. Han vilde gjærne gå hånd i hånd; men der var kommet noget over ham som gjorde, at han knapt turde røre ved henne, og syntes det var forunderligt, at han hadde lov til at gå ved siden av henne. — Da de skiltes, sa han derfor også: „Det skal vare en stund, til du atter spør noget galt fra mig."

Hjæmme holdt far hans på at bære korn på kværnen, fra stabburet av; ti bygdens folk rundt omkring malte på Granlidkværnen, når vandet i deres egne bækker var gåt op; Granlidelven var aldrig tør. Her var mange sækker at bære, somme ret store og somme overmåde store. Kvinnfolkene stod tæt derved og vridde klær som var i vask. Thorbjørn gik bort til faren og tok fat i en sæk. Jeg skal kanske hjælpe dig?" — „Å jeg gjør det nok selv," sa Sæmund, lettet rask en sæk på rygg og drog avsted mot kværnen. „Her er mange av dem," sa Thorbjørn, tok fat i to store, satte rygg imot og grep over skuldrene med en hånd i hvær, idet han støet mot til siderne med sine albuer. Midtvejs møtte han Sæmund, som gik tilbake efter flere; faren så hastig på ham, men sa intet. Da Thorbjørn i sin tur gik tilbake mot buret, møtte han Sæmund med to ænnu større sækker. Denne gang tok Thorbjørn en liten en og gik med den; da

Sæmund møtte ham, så han på ham, og længer end forrige gang. Så skedde det, at de siden kom til at stå ved buret på én gang. — „Her er kommet bud fra Nordhaug," sa Sæmund; „de vilde ha dig med til bryllups på søndag." — — Ingrid så bønlig hen til ham fra sit arbejde, moren likeså. — „Jaså," svarte Thorbjørn tørt, men tok denne gang de to største sækker han kunde finne. „Går du?" spurte Sæmund mørk. — „Nej."

4de Kapitel

Granlidsæteren lå vakkert til, bygden kunde oversees derfra, Solbakken først og fremst med sin mangefarvede skog omkring, — og dernæst de andre gårder, som de lå der i en ring av skog, så den grønne voll med husene i midten så ut som en funnen fredsplet, der med magt var tat fra den ville mark. Det var 14 gårder som kunde tælles fra Granlidsæteren; av Granlidgårdens hus så de blot takene, og det ænda blot fra den ytterste pynt paa sætervollen. Allikevel blev jænterne ofte sittende og se efter røken som steg op av piperne der. „Nu koker mor til middag," sa Ingrid; „idag skal de ha salt kjøtt og flæsk." „Hør, der roper de på mannfolkene," sa Synnøve; „montro hvor de arbeider idag?" Og deres øjne fulgte røken, som skyndte sig fort og vilter op i den fine solglade luft, men snart spaknet, betænkte sig — fløt så i et bredt tog ut over skogen, altid tynnere, tilsist som et viftende flor, og snart næppe synlig. Mangen tanke steg dem da i sinn og la sig ut over bygden. Den dag møttes de ved Nordhaug. Det var et par dager efter brylluppet; men da dette skulde stå en seks dager, nådde der ænnu, ret som det var, skudd og enkelte rop av de aller kraftigste op til dem. — „De har det muntert der," sa Ingrid. — „Jeg skal ikke misunne dem det," sa Synnøve og tok sin binding. — „Det skulde dog være trøjsamt at være med," sa Ingrid, der sat paa huk og så bortover mot gården, hvor folk gik frem og tilbake mellem husene — nogen henad stabburet til, hvor vei bord med mat stod opdækket, andre parvis længer fra dem og i fortrolig samtale. — Jeg vet ret ikke hvad du længes efter der borte," sa Synnøve. — Jeg vet det knapt selv," sa Ingrid, der sat som før; „det er vel dansen," føjet hun så til. Synnøve svarte ikke noget derpå. „Har du aldrig danset?" spurte Ingrid. — „Nej." — „Tror du da det er synd at danse?" — Jeg vet ikke rigtig." Ingrid talte ikke mere om det straks; ti hun mindedes, at haugianerne strængt forbød dans, og forældrenes forhold til Synnøve i det stykke vilde hun ikke videre prøve. Men hvordan nu tankerne fallt, så sa hun om en stund: „Bedre danser æn Thorbjørn har jeg aldrig set." — Synnøve væntet litt, før hun sa: „Ja, han skal danse godt." — „Du skulde set ham danse," utbrød Ingrid og vændte sig mot henne. Men raskt svarte Synnøve: „Nei, det vil jeg ikke."

Ingrid studset litt ved det, —Synnøve hældte sig ned over sin binding og talte sine næster op. Med én gang lot hun bindingen falle i fanget, så ænde ut for sig og sa: „Så inderlig glad som jeg er idag, har jego dog ikke været på længe." — „Hvorfor?" spurte Ingrid. — „Å — — fordi han ikke danser på Nordhaug idag!" Ingrid sat i sine egne tanker. „Ja, der skal være jenter som længes efter ham," sa hun. Synnøve åpnet munnen, som vilde hun tale, men taug, trak en stikke ut og byttet. „Thorbjørn længes nok selv også; det skal jeg være sikker på," sa Ingrid, men mærket først bakefter hvad hun hadde sagt, og så på Synnøve, der sat blussende rød og bant. Nu kunde Ingrid med stor fart se bakover på den hele samtale, slog hænderne sammen, flyttet sig på knæ i lynget, så at hun kom foran henne, — og gav hun sig til at se Synnøve like in i øjnene; men Synnøve bant. Da lo Ingrid og sa: „Nu har du mangen Herrens god dag gåt og gjæmt noget for mig igjæn." — „Hvad siger du?" spurte Synnøve og kastet et usikkert blik på henne. — „Du er ikke sint, fordi Thorbjørn danser," sa Ingrid som før. Den andre svarte ikke. Ingrids ansigt var bare et eneste smil, og så tok hun Synnøve om halsen og hvisket henne in i øret: „Men du er sint, fordi han danser med andre æn dig!"

„Hvor du snakker!" sa Synnøve, slet sig løs og rejste sig. Ingrid rejste sig også og gik efter henne. „Det er synd du ikke kan danse, Synnøve!" sa hun og lo; — „rigtig stor synd! Kom nu, så skal jeg likeså godt lære dig straks!" Hun tok Synnøve om livet. „Hvad vil du?" spurte denne. „Lære dig at danse, forat du ikke skal ha slik sorg i værden, som at han danser med andre æn dig!" Nu måtte også Synnøve le, eller late som hun lo. „Der kan snart nogen se os," sa hun. „Gud signe dig for det svaret, så dumt som det var," sa Ingrid og gav sig allerede til at tralle og flytte Synnøve efter takten. „Nej, nej! Det går ikke an!" — „Du har jo ikke været så glad på mangen god dag, sa du nylig; kom nu!" — „Kunde det bare gå an!" — „Prøv, så skal du nok se det går an!" — „Du er så vilter, du Ingrid!" — „ Han sa så, katten til spurven, da spurven ikke vilde stå stille, så katten kunde få ta ham; kom nu!" — „Jeg har da i grunnen lyst også, men —" „Nu er jeg Thorbjørn, og du den unge konen hans, som ikke vil han skal danse med andre æn dig." — „Men —" Ingrid trallet; — „men" — holdt Synnøve ænnu på; men hun danset allerede! Det var en springdans, og Ingrid gik foran med store skridt og manhaftige armsving, Synnøve efter med små skridt og nedslagne øjne, — Ingrid sang:

> Og ræven lå under birkerot
> :,: bortved lynget. :,:
> Og haren hoppet på letten fot
> :,: over lynget. :,:
> Det er vel noget til solskinsdag!

Det glittrer for, og det glittrer bag
:,: over lynget. :,:

Og ræven lo under birkerot
:,: bortved lynget. :,:
Og haren hoppet i ville mot
:,: over lynget. :,:
Jeg er så glad over alle ting!
Hu-hej, gjør du slike svære spring
:,: over lynget? :,:

Og ræven væntet bak birkerot
:,: bortved lynget. :,:
Og haren tumlet ham midt imot
:,: over lynget. :,:
Men Gud forbarme sig, er du der! — —
— Å kjære, hvor tør du danse her
:,: over lynget? :,:

„Nu, gik det ikke an?" spurte Ingrid, da de andpustne stanset.

Synnøve lo og sa, hun hadde mer lyst til at valse. Ja, derfor var
ingenting i vejen, mente Ingrid, og de laget sig alt til, idet Ingrid viste
henne hvorledes hun skulde sætte føtterne; „ti valsen er vanskelig, den."
Å det går nok, når vi bare kommer i takten," sa Synnøve, og Ingrid vilde
da de skulde prøve. Så gjorde de, Ingrid sang, og Synnøve sang med, i
begynnelsen blot nynnende, siden stærkt. Men da stanset Ingrid, slap
henne og slog sine hænder sammen av bare forundring: „du kan jo
valse!" utbrøt hun.

„Hyss, lad os ikke tale mere om det," sa Synnøve og tok atter fat i
Ingrid for at fortsætte. „Men hvor har du lært..." „Tral, trål!" — og hun
svang henne. Da tok Ingrid fat ret av hjærtens

lyst, og hun sang:

„S e , Solen danser paa Haukelidfjeld;
Dans, du Kjæresten min; — thi snart er det Kveld!
Se, Elven hopper mod blanken Hav;
Hop, du viltreste Gut; — der venter din Grav!
Se, Birken svajer for Vindenes Kast.
Svaj, du frejdige Mø, — hvad var det som brast?
Se, — —"

„Det er slige underlige Viser du synger," sagde Synnøve og stansede Dansen. „Jeg ved ikke, hvad jeg synger, jeg; Thorbjørn har sunget dem." — „Det er af Slave-Bents Viser," sagde Synnøve; „jeg kjender dem." — „Er det af dem?" spurgte Ingrid og blev lidt ræd. Hun saa ud for sig og sagde ikke Noget; pludselig blev hun opmærksom paa En nede paa Vejen. „Du — der kjører Nogen ned fra Granliden og tager bort over Bygdevejen! —" Synnøve saa ogsaa derhen. — „Er det ham?" spurgte hun. — „Ja, det er vist Thorbjørn; han skal til Byen." — —

— — Det var Thorbjørn, og han kjørte til Byen. Den laa langt væk, han havde stort Læs, og kjørte derfor i Mag bortover den støvede Vej. Denne laa slig til, at den kunde sees fra Sæteren, og da han nu hørte det hauke deroppe ifra, skjønte han, hvem det var, steg op paa Læsset og haukede igjen, saa det ljomede mellem Fjeldene. Da spillede det paa Lur ned til ham, han sad og lyttede, og da det stansede, rejste han sig atter og haukede. Saaledes gik det bortover og han var glad tilmode. Han saa paa Solbakken og syntes, den aldrig havde havt saamegen Sol som nu. „Det er en velsignet Gaard", tænkte han; medens han sad der og saa efter den, glemte han rent Hesten, saa den gik som den vilde. Da skvat han op ved at Hesten gjorde et svært Bøx til Siden, saa Skaaken knak, og Hesten afsted i vildt Trav udover Nord- hougmarkene; thi det var over dem Vejen gik. Han rejste sig i Vognen og holdt igjen; det blev en Kamp mellem ham og Hesten; den vilde udover en Skrent og han holdt. Han fik den saavidt, at den stejlte, og da hoppede han af, og havde, før Hesten atter satte i Fart, faaet Tag om et Træ, — og nu maatte Hesten staa. Læsset var tildels kastet, den ene Skaak itu, og Hesten stod og skalv. Han gik frem til den, tog den om Bidslet og talte den blidt til; han vendte den strax, forat være siker for Skrenten, om den lagde afsted paany; staa stille kunde den ikke, saa skræmt som den var, og han maatte i halvt Sprang følge den altid længer og længer fremad, lige op til Vejen igjen. Han foer da forbi sine egne Sager, som de laa der kastede overende, Kopperne itu og Indholdet tildels fordærvet. Hidindtil havde han været optaget af Faren, nu begyndte han at skjønne Følgerne af dette og blev harm; det stod for ham, at der ingen Byrejse blev af, og jo flere Betragtninger han gjorde, des harmere blev han. Kommen op til Vejen, skvat Hesten en Gang til, forsøgte saa at gjøre et Kast forat slide sig løs, — og da brød Harmen ud. Medens han med venstre Haand holdt Bidslet, gav han den med højre henad Lænderne af sin store Rejsesvøbe, Slag i Slag, Slag i Slag, saa den blev rasende og satte Forhoverne paa hans Bryst. Men han holdt den fra sig, slog den nu værre end før, af al sin Magt, og brugte Tykenden af Svøben. — „Jeg skal lære dig, din trodsige

Tamp!" og han slog. Hesten vrinskede og skreg, han slog. „Hej, her skal du kjende Næve, som er stærk!" og han slog. Hesten fnyste, saa Skummet valdt ham nedover hans Haand; men han slog: „Det skal være første og sidste Gang, din Krøbling! Der! endnu et! saa! hej, din Fillegamp, du skal prøve Mandetugt!" og han slog. Under dette havde de vendt sig, Hesten gjorde ikke længer Modstand, rystede og bævede under hvert Slag, og bøjede sig hvrinskende, naar han saa Svøben nærme sig i Luften. Da blev Thorbjørn ligesom lidt skamfuld; han holdt inde. I det Samme blev han var en Mand, der sad paa Grøftekanten, støttet paa Albuen, og lo af ham. Han vidste ikke hvorledes det gik til; det blev næsten sort for Øjet og med Hesten ved Haanden ruste han mod ham med hævet Svøbe. „Jeg skal give dig Noget at le af!" Slaget faldt, men traf kun halvt, da Manden med et Raab væltede sig ned i Grøften. Her blev han staaende paa alle Fire, men vendte paa Hovedet, skelede til Thorbjørn og trak Munden skeft op til Latter; men Latteren selv hørte han ikke. Thorbjørn studsede; thi dette havde han seet før. Jo, det var Aslak.

Thorbjørn vidste ikke hvorfor; men det løb ham koldt nedover Ryggen. „Det er vel dig, som har skræmt Hesten begge Gange", sagde han. — „Jeg laa bare og sov jeg," svarte Aslak og løftede lidt paa sig; „og saa vakte du mig, da du skabte dig gal paa Hesten din". „Det var dig, som gjorde den gal; alle Dyr er ræd dig," og han klappede Hesten, der var saa sved, at det dryppede af den. „Han er nu vel endelig ræddere dig end mig; slig har jeg aldrig faret med nogen Hest," sagde Aslak, — han stod nu paa Knæ i Grøften. „Vær ikke for stærk i Munden!" sagde Thorbjørn og truede med Svøben. Da rejste Aslak sig og kravlede op. „End jeg da! Jeg stærk i Munden? Nej — . . . Hvor skal du hen, som farer saa fort?" sagde han med blid Stemme, idet han nærmede sig, men slingrende til begge Sider; thi han var fuld. — „Jeg slipper nok for at komme længer idag," sagde Thorbjørn, som sprættede Hesten ifra. „Det var rigtig lejt, det," sagde Aslak og nærmede sig endnu mere, idet han tog til Huen. „Gudbevaremig", sagde han, „slig en stor, vaker Karl du er bleven, siden sidst jeg saa dig;" han havde begge Næver i Lommen og stod, saa godt han kunde, og betragtede Thorbjørn, der ikke kunde faa Hesten løs. Thorbjørn trængte Hjælp; men han kunde ikke faa det over sig at bede hin om den; thi Aslak saa styg ud; hans Klæder var tilrakket af Grøften, hans Haar hang filtret ned under en blank Hat, der var dygtig gammel, og Ansigtet, skjønt tildels det velbekjendte, var nu bestandig fortrukket til Smil, og Øjnene endnu mere igjenlukte, saa han maatte holde Hovedet lidt bagover og Munden lidt gabende, naar han saa paa En. Alle Træk var blevne matte, og den hele Form var stivnet; thi Aslak drak. Thorbjørn havde tit nok seet ham før, hvilket Aslak ikke lod som han vidste. Som Skræppehandler havde han tit faret Bygden rundt, og var gjerne der, hvor der var Lystighed, da han havde mange Viser at synge, fortalte godt og fik Brændevin til Vederlag. Saaledes havde han nu været i Bryllopet paa Nordhoug, men havde, som Thorbjørn siden fik at vide, fundet det bedst at holde sig en Stund borte, da han efter gammel Vis havde faaet Folk op at slaaes og det truede med at gaa ud over ham selv. — „Bind Hesten ligesaa godt fast til Vognen som at sprætte den ifra", sagde han. „Du maa saa alligevel op til Nordhoug for at faa dig istand igjen, enten du nu vil drage længer eller vende om." Thorbjørn havde nok tænkt det Samme, men havde ikke rigtig villet tænke det. „Der er stort Bryllup, der," sagde han. „Derfor ogsaa stor Hjælp", svarte Aslak. Thorbjørn stod lidt tvivlraadig; men uden Hjælp kunde han hverken komme frem eller tilbage, og saa var det bedst at gaa op i Gaarden. Han bandt Hesten fast saalænge og gjorde saa. Aslak kom efter; Thorbjørn saa tilbage paa ham: „Saa faar jeg godt Følge til Bryllopsgaarden igjen", sagde Aslak og lo; Thorbjørn svarte ham ikke, men gik fort. Aslak kom syngende efter:

Der drager to Bønder til Bryllupshus, o. s. v.,

en gammel, velkjendt Vise. „Du gaar fort, du", sagde han om en Stund. „Du kommer nok frem alligevel", lagde han til. Thorbjørn svarte ham ikke. Gjenlyd af Dans og Spil mødte dem, Ansigter gav sig til at se ud paa dem gjennem de aabne Vinduer i den store toetages Bygning. Grupper samlede sig i Gaarden. Han saa, at de talte sig imellem om, hvem det kunde være, tillige, at han snart var kjendt, og at de lidt efter lidt fik Øje paa Hesten dernede og Kopperne, som laa udover Jorden. Dansen hørte op, den hele Sværm væltede ud i Gaarden, netop som de To kom op. „Hid kommer Bryllupsfolk mod sin Vilje!" raabte Aslak, da han endelig nærmede sig Kredsen, bag Thorbjørn. — Man hilste Thorbjørn og slog Kreds om ham.

„Gud signe Laget, godt Øl paa Bordet, vakre Kvindfolk paa Gulvet og gode Spillemænd paa Knakken!" sagde Aslak og skjød sig i det Samme midt ind iblandt dem. Nogle lo, Andre forblev alvorlige; En sagde: „Skræppe-Aslak er altid ved godt Mod." Thorbjørn traf strax Kjendtfolk, som han maatte fortælle om sin Hændelse; de tillod ham ikke selv at gaa ned efter Hesten og Tøjet, men bad Andre gaa. Brudgommen, en ung Mand og fordums Skolekammerat, bød ham ind at smage paa Bryllopsbrygget og nu drog det til Stuen. Nogle vilde fortsætte Dansen, især Kvindfolkene, Andre vilde have en liden Drikkestund og faa Aslak til at fortælle, siden han nu alligevel var kommen til Gaards igjen. „Men du tør være lidt varere end sidst," lagde En til. Thorbjørn spurgte, hvor alt Folket var. „Aa," svartes der, „her gik nylig lidt uroligt til; nu er Enkelte gaaet til Hvile, Andre sidder borte paa Laaven og spiller Kort; men Nogle sidder ogsaa der, hvor Knud Nordhoug er." Han spurgte ikke efter, hvor Knud Nordhoug var.

Brudgommens Fader, en gammel Mand, der sad og røgte af en Kridtpibe og drak Øl til, sagde nu: „Kom saa med en Regle, du Aslak; det kan være gjildt nok at høre for en Gangs Skyld."

„Er det flere, som beder mig?" spurgte Aslak, som havde sat sig over en Krak et Stykke fra Bordet, omkring hvilket de Andre sad. „Javist," sagde Brudgommen og gav ham et Glas Brændevin; „nu beder jeg dig." — „Er det Mange, som beder paa den Maade?" sagde Aslak. „Det tør hænde," sagde en ung Kone borte paa Sidebænken, og bød et Støb med Vin frem. Det var Bruden, en Kvinde paa 20 Aar, lyslet, men mager, med store Øjne og et stramt Træk om Munden. — „Jeg liker godt det, som du fortæller," lagde hun til. Brudgommen saa paa hende og hans Fader paa ham. „Ja, Nordhougfolket har altid likt mine Regler," sagde Aslak. — „Ære være dem!" raabte han og tømte et Glas, som blev rakt ham af en Brudesvend. „Kom saa med Noget," raabte Flere. — „Om Sigrid Fantekjerring!" raabte En. „Nej, den er styg!" sagde Andre, især Kvindfolk. „Om Lierslaget!" bad Svend Tambur. „Nej, heller noget Trøjsamt!" sagde da en rank Gut, som stod i Skjortærmene og lænte sig opad Væggen, medens hans højre Haand, som hang slapt ned, foer vel ofte borti Haaret paa nogle unge Jenter, som sad der; de skjændte, men flyttede sig ikke.

„Nu fortæller jeg det, jeg vil, jeg," sagde Aslak. „Fanden heller!" mumlede en ældre Mand, som laa over Sengen og røgte; hans ene Ben hang ned, med det andet laa han og sparkede til en fin Trøje, som hang over Sengestolpen. — „Lad være Trøjen min!" raabte hin Gut, som stod op efter Væggen. — „Lad være Datter min," svarte han, som laa. Nu flyttede Jenterne sig. — „Jo, jeg fortæller, hvad jeg vil da!" raabte Aslak; „Brændevin i Krop skyder Modet op!" sagde han og slog de flade Hænder sammen med et Klask. „Fanden heller!" gjentog Manden borti Sengen; „Brændevinet er vort." — „Hvad skal det sige?" spurgte Aslak med ret aabne Øjne. — „Aa, den Grisen vi gjøder, slagter vi ogsaa," sagde Manden, idet han dinglede med Benet. Aslak lukte Øjnene igjen, men blev siddende i samme Stilling med Hovedet; saa faldt det ned paa hans Bryst, og han sagde ikke Noget.

36

Flere talte til ham; men han hørte det ikke. „Brændevinet tager ham,“ sagde hin i Sengen. Da saa han op, tog atter Smilet paa sig: „Jo, nu skal I høre en lystig Stub,“ sagde han. — „Gud bevare mig, hvor lystig!“ sagde han om en Stund og lo med vid Mund, men uden at de hørte Latteren. „Han er rigtig i Godlaget sit idag,“ sagde Brudgommens Fader. — „Ja, det var Raad til det!“ sagde Aslak; — „en Dram paa Rejsen da!“ sagde han og strakte Haanden frem. Den kom; han drak den langsomt ud, holdt Hovedet lidt bagover med den sidste Draabe i Munden, svælgte den saa og sagde, vendt til ham i Sengen: — „for jeg er nu Grisen Eders jeg!“ og lo som forrige Gang. Han spændte sine to Hænder om Knæet og løftede saaledes Foden op og ned, idet han selv med det Samme ruggede frem og tilbage — og saa begyndte han: „Jo, det var en Jente, som boede borti en Dal. Hvad Dalen hed, kan være det Samme, hvad hun hed ogsaa. Men Jenten var vaker, det syntes Gaardmanden paa — hys! — og det var hos ham hun tjente. Hun fik god Løn, fik hun, og hun fik mere end hun skulde have; thi hun fik et Barn. Folk sagde, det var med ham; men det sagde ikke han; thi han var gift, og det sagde heller ikke hun; thi hun var stolt, det stakkers Trold. Saa blev det nok en Løgn over den Daab, og det var en Skarv til Gut, hun havde født, saa det var slig Slag, om han blev døbt i en Løgn. Men hun fik en Plads under Gaarden, og det likte ikke Konen der, som ventelig var, og saa tag hun Manden baade Dag og Nat om at jage den Fantejenten paa Bygden. Kom Jenten didop, spyttede hun efter hende, men kom den vesle Gutten hendes for at lege med Gaardsgutterne, bad hun dem jage den Horungen; han var ikke bedre værdt, sagde hun.

Manden holdt igjen, saalænge han rigtig var Mand; men saa slog han sig paa Drikken, og da fik Kjærringen Taget. Siden blev det daarligt for Skarvejenten; det gik tilbage for hvert Aar og det stod slig til, at hun skulde sulte ihjel der med den vesle Gutten sin, og han vilde ikke fra Moderen, han.

Det var nu det ene Aaret, det andet med, og der var otte af dem; men endnu var ikke Jenten kommen fra Pladsen, skjønt nu skulde hun væk. — — Og saa kom hun væk. — — Men forinden stod Gaarden i lys og vaker Lue, og Manden brændte; thi han var fuld, - Kjærringen ræddede sig med Ungerne, og hun sagde, det var den Skarvejenten nede paa Pladsen, som havde gjort det. Det kunde gjerne hænde det. — — Og det kunde ogsaa gjerne være anderledes. — — Det var en underlig Gut, hun havde. I otte Aar havde han seet Moderen slide ildt og vidste vel, hvor Skylden var; thi Moderen sagde det ofte, naar han spurgte, hvorfor hun bestandig græd. Det gjorde hun ogsaa Dagen før hun skulde rejse,

og derfor var h a n borte om Natten. — — Men h u n kom paa
Slaveriet paa Livstid, for hun sagde selv til Skriveren, hun havde gjort
den vakre Luen deroppe paa Gaarden. — Gutten drog paa Bygden og fik
alle Folks Hjælp, fordi han havde slig en slem Moder. — Saa drog han
fra den Bygd og langt frem til en anden, hvor han ikke fik stor Hjælp,
for d e r var nok Ingen, som vidste, hvilken slem Moder han havde. Jeg
tror ikke, han sagde det selv. — Sidst jeg hørte fra ham, var han fuld, og
de siger, han har lagt sig paa Drikken i den senere Tid; om det er sandt,
skal være usagt, men det er sandt, at jeg ved ikke, hvad bedre han skulde
gjøre. Det er en laak, ond Karl, kan I tro; han liker ikke Folk, endnu
mindre, at de ere gode mod hverandre, og allermindst, at de er gode mod
ham selv. Og han vilde gjerne, at Andre skulde være slig, som han er selv
— skjønt det siger han blot, naar han er fuld. Og da græder han ogsaa,
græder saa det hagler, — over ingen Verdens Ting; thi hvad var det ogsaa
han skulde græde over? Han har ikke stjaalet en Skilling fra Nogen, eller
gjort noget af det Gale, som mange Andre gjør, saa han sagte[11] Ingenting
har at græde over. Og alligevel saa græder han, og græder saa det hagler,
men ved ikke rigtig, hvoraf det kommer. Og skulde I se ham græde, saa
tro aldrig paa det, for det er bare naar han er fuld, og da er han ikke
ændsendes." — „Her faldt Aslak baglængs ned af Krakken i stærk Graad,
men som snart gik over; thi han sovnede. — „Nu er Svinet fuld," sagde
han i Sengen; — „da ligger han altid og tuder sig isøvn." „Dette var
stygt," sagde Kvindfolkene og rejste sig for at komme bort. „Jeg har
aldrig hørt ham fortælle andre Slags Historier, naar han selv fik raade,"
sagde nu en gammel Mand, som rejste sig borte ved Døren. — „Gud
ved, hvorfor Folk vil høre paa ham," sagde han og saa hen til Bruden.

5te Kapitel

Nogen gik ud, Andre søgte at faa Spillemanden ind igjen, at Dansen kunde begynde; men Spillemanden var sovnet i en Krog af Gangen, og Enkelte bad for ham, at han maatte faa ligge ifred. „Siden Lars, Kameraten hans, blev fordærvetslagen her, har Ole maattet holde ud i over eet Døgn." — Man var kommen til Gaards med Thorbjørns Hest og Grejer; en anden Vogn blev spændt for, da han, trods Alles Anmodning, vilde tage afsted igjen. Brudgommen var det især, som søgte at holde ham tilbage: „Her er kanske ikke saa stor Glæde for mig, som det synes," sagde han, og Thorbjørn tog en Tanke af det; men han foresatte sig dog at rejse, før Kvelden kom. Da de saa, han var urokkelig, spredte de sig i Gaarden; der var mange Folk, men megen Stilhed, og det Hele havde lidet Syn

af et Bryllup. Thorbjørn skulde have sig en ny Sælepind og gik hen at finde en; i Gaarden var intet høveligt Emne og han gik lidt udenfor, kom saa til et Vedskjul, som han gik ind i, langsomt og sagte, da Brudgommens Ord fulgte med ham. Han fandt der, hvad han vilde, men fremdeles uden at vide af det, satte han sig ned og op til den ene Væg med Kniv og Pinde i Haanden. Da hørte han det stønne i Nærheden af sig; det var paa den anden Side af den tynde Væg, derinde, hvor Vognskjulet var, og Thorbjørn lyede. „Er det — ogsaa dig," hørte han sagt med langt Mellemrum og af et Mandfolk, der talte med Besvær. Han tænkte først, det maatte være Knud; men Knud rullede paa R'et, og det gjorde ikke denne, saavidt han kunde høre. „Saa du — — vilde — finde mig op?" sagdes der om en Stund og af den Samme. Da hørte han En græde, men det var ingen Mand. — „Hvorfor kom du ogsaa hid?" blev der spurgt, og det maatte være af den, der græd; thi det var taarevaadt. — „Hm, — i hvis Bryllup skulde jeg spille, naar det ikke var — i dit", sagde den Første, og nu blev der stærkere Graad. Det er vel Lars, Spillemanden, som ligger der, tænkte Thorbjørn. Lars var en stout, vaker Karl, hvis gamle Moder boede til Leje i en Husmandsplads under Gaarden. Og den Anden maatte vel være Bruden. Thorbjørn lagde Øret tættere op til Væggen; dette syntes han dog at ville høre. — „Hvorfor har du heller aldrig talt!" sagde Kvindfolket og sagde det ret stærkt, som var hun meget bevæget. „Jeg tænkte ikke, det var nødvendigt mellem os To", svartes der kort. Da var det stilt en Stund, saa sagde hun atter: „du vidste dog h a n gik der." — — „Jeg troede dig stærkere." — Han hørte nu intet andet end Graad; endelig brød hun atter ud: „Hvorfor talte du ikke!"

„Det nyttede vel Gamle—Birthes Søn lidet at tale til Datteren paa Nordhoug", blev der svaret efter et Ophold, hvori han havde draget Vejret tungt og ofte stønnet. Der blev ventet paa Svar: — „Vi har dog seet paa hinanden i mange Aar," sagdes der. „Ja, — vi har det," svarte han sagte og drog atter Pusten meget tungt. Der var saare stille, Thorbjørn hørte ikke engang, at der blev grædt. Med lav Stemme, som sad hun hensjunken, sagde endelig hun: „Det var harmeligt, at du ikke talte."

— Du var saa stolt; En turde ikke rigtig tale til dig". — — „Det var dog Ingenting, jeg heller vilde. — Jeg ventede hver Dag, — hvor vi mødtes; — jeg syntes næsten, jeg bød mig frem, jeg; — men —. Saa tænkte jeg, — — du forsmaaede mig." — Det blev atter ganske stille. Thorbjørn hørte intet Svar, ingen Graad, han hørte heller ikke den Syge drage Vejret. I den Stilhed klang det underligt, da den Syge lod falde: „Det skulde jeg have vidst."

Thorbjørn tænkte paa Brudgommen, som han troede at kjende for en brav Mand, og han blev ilde tilmode paa hans Vegne. Da sagde ogsaa hun: „Jeg er ræd for, han faar liden Glæde af mig, han, som —". — „Det er en brav Mand", sagde den Syge og begyndte paa Ny at give sig lidt, da det nok gjorde ondt for Brystet paa ham. Det var som dette ogsaa gjorde hende ondt; thi hun sagde: „Det er nok tungt for dig nu . . . Men — vi var vel aldrig kommen til at tale med hverandre, vi, var ikke dette kommen imellem." Og saa græd hun, og det var sommetider at Thorbjørn troede, at ogsaa Manden græd; thi det græd saa stærkt derinde.

„Det var bra' du kom!" sagde den Syge. Thorbjørn lyede efter, hvad hun vilde svare herpaa. — „Jeg kunde ikke Andet", svarte hun, og lagde senere til: „Dengang du slog til Knud, forstod jeg dig først. Og siden — blev det et daarligt Bryllup for mig. — Aa ja, — det var ikke godt før heller." — „Jeg, . . . kunde ikke bære det længer", sagde han, — og saa en Stund efter: „Knud er ond." — „Han er ikke god". sagde Søsteren.

De taug en Stund, så sagde han: „Jeg undrer mig på, om jeg nogentid bliver god igjen. Å ja, det kan nu også være det Samme." — „Har du det ondt, har jeg det værre," og herpå fulgte lang Taushed. „Går du?" spurgte så han. „Ja" blev der svaret. „Når skal vi see — „han fuldførte ikke. Efter en længere Hulken blev der svaret: „å jøje, jøje mig, hvad Liv dette skal blive!" „Græd ikke så," sagde han. „Vorherre gjør nok snart en Ende på det for mig, og da skal du se, det også bliver bedre for dig." Men nu græd hun så det gjorde Thorbjørn ondt. „Jesus, Jesus, at du ikke talte!" råbte hun med tilbageholdt Stemme og som om hun vred sine Hænder; Thorbjørn troede hun gik i det Samme, eller ikke var istand til at tale på længe; thi han hørte en Stund Intet og gik.

Den Første, den Bedste Thorbjørn traf i Gården, spurgte han: „Hvad kom der imellem Lars Spillemand og Knud Nordhoug?" „Hå? Mellem dem? Jo . . ." sagde Per Husmand og trak Ansigtet sammen, som vilde han gjemme Noget i Folderne: „du kan nok spørge om det, for det var lidet nok; han Knud spurgte bare Lars, om Felen hans gav god Klang i dette Bryllop — og slet ikke Mere. Bruden selv stod ved Siden og hørte på det; thi hun skjænkte netop Lars." I det Samme gik Bruden forbi dem; hun havde Ansigtet bortvendt; men da hun hørte Lars nævne, vendte hun det og viste dem et Par store og røde Øjne, der så usikert; men ellers var Ansigtet meget koldt, så koldt, at Thorbjørn blev ilde ved; thi han kjendte ikke hendes Ord igjen i det. Begyndte han da at skjønne Mere.

Længere frem i Gården stod Hesten og ventede; han satte sin Pinde fast og så sig om efter Brudgommen forat tage Afsked. Han havde ikke Lyst til at gå hen og søge ham, så næsten helst, at han ikke kom, og satte sig derfor op. Da begyndte det at støje og råbe fra den venstre Side af Gården, der borte, hvor Låven lå. Det var et helt Følge, som drog ud fra Låven, en stor Mand, som gik foran, råbte: „hvor er han? — Har han gjemt sig? Hvor er han?" „Der, der!" sagde Nogle. „Lad ham ikke komme did," sagde Andre; „der bliver bare Ulykke af det." — „Er det Knud?" spurgte Thorbjørn en liden Gut, som stod ved Siden af Vognen hans. „Ja, han er fuld, og da vil han altid slåes." Thorbjørn sad alt på Læsset og slog nu på Hesten. — „Nej, stans, Kammerat!" hørte han bag sig; han holdt Hesten tilbage, men da denne gik alligevel, lod han den gå. „Ho, er du ræd, Thorbjørn Granliden?" skreg det nærmere ham. Nu holdt han fastere igjen, men så ikke tilbage.

S„tig af og kom i godt Lag!" råbte En. Thorbjørn vendte Hovedet. „Tak, jeg skal hjem," sagde han. Nu underhandlede de lidt, og imedens var den hele Flok kommen hen til Vognen; Knud gik foran Hesten, klappede den først, tog den dernæst ved Bidslet. Knud var ret høj, havde lyst, men stridt Hår og en but Næse. Munden var stor og tung, Øjnene melkeblå, men dristige. Han havde liden Lighed med Søsteren, kun var det Noget om Munden, som var ligt, og havde han samme Slags ret opstående Pande, men mindre, ligesom alle hendes fine Træk var grove hos ham. „Hvad vil du have for Gampen din," spurgte Knud. „Jeg vil ikke sælge den," sagde Thorbjørn. „Du tror kanske jeg ikke kan betale den," sagde Knud. „Jeg ved ikke hvad du kan." — „Så? du tvivler om det? Det skulde du ellers vogte dig for," sagde Knud. Hin Gut, som før stod opefter Væggen derinde i Stuen og rørte ved Jenternes Hår, sagde derfor også til en Nabo: „Knud tør ikke rigtig dennegang."

Dette hørte Knud. „Tør jeg ikke? Hvem siger det? Tør jeg ikke?" skreg han. Flere og Flere kom til. „Afvejen, se Hesten!" råbte Thorbjørn og slog på; han vilde rejse. „Siger du afvejen til mig?" spurgte Knud. „Tror du jeg går afvejen for dig?" — „Jeg må frem," sagde Thorbjørn, men veg heller ikke selv tilside. „Hvad, kjører du lige på mig?" spurgte Knud. — „Så gå bort!" Og Hesten løftede Hovedet i Vejret, ellers havde den sat det lige mod Knuds Bryst. Knud gav Hesten et Slag over Sidehovedet, så den, ræd ifra før af, stejlte og skræmte Folk tilside. Thorbjørn var bleg, men sagde ganske rolig: „gå lidt afvejen, Knud." — „Du kan kjøre til Siden". sagde Knud. Thorbjørn tvang Hesten ligefrem og mod ham, den stejlte påny, men Thorbjørn slog på. Da tog Knud den ved Bidslet, og Hesten, som huskede Taget fra Vejen, begyndte at skjælve. Men dette rørte Thorbjørn mere end noget Andet, han rejste sig med Svøben i Hånden og drog til Knud over Hovedet. „Slår du?" skreg Knud og kom nærmere; Thorbjørn hoppede af Læsset: „Du er en ond Karl," sagde han ligbleg og leverte Tømmen til hin Gut fra Stuen af, da han kom og bød sig frem. Men den gamle Mand, som havde rejst sig borte ved Døren, da Aslak var færdig med sin Fortælling, han gik nu bort til Thorbjørn og rykkede ham i Armen: „Sæmund Granliden er for brav en Mand, til at Sønnen hans skal drages med slige Slagskjæmper," sagde han. Det stilnede i Thorbjørn, men Knud råbte: „Jeg Slagskjæmpe? Det er han ligesågodt som jeg, og min Fader er lige så god som hans. — Kom an! — Det er dårligt at Bygdefolket ikke ved, hvem af os To egentlig er ved bedst Magt" lagde han til og tog Halstørklædet af sig. „Vi prøver det tidsnok," sagde Thorbjørn. Da sagde den Mand, som før havde lagt i Sengen: „de er som to Katter; de må først snakke Mod i sig, Beggeto." Thorbjørn hørte det, men svarte Intet. En og Anden af Flokken lo, Andre sagde det var stygt med alle de Slagsmål i dette Bryllop, samt at de abede sig ind på en Fremmedmand, som vilde drage fredeligt afsted. Thorbjørn så sig om efter Hesten, det var hans Agt at fare. Men hin Gut havde vendt den og kjørt den forsvarlig langt bort; Gutten selv stod nu lige bag dem. —

„Hvad ser du dig om efter?" spurgte Knud; „hun Synnøve er langt borte nu." — „Hvad rager hun dig?" — „Nej, slige skinhellige Kvindfolk rager ikke mig," sagde Knud; „men kanske hun modstjæler dig." Dette var formeget for Thorbjørn; de mærkede, at han så sig om for at prøve Pladsen. Nu lagde atter nogle Ældre sig imellem og mente, at Knud havde gjort nok Ugagn i dette Lag. — „Mig skal han Intet gjøre!" sagde Thorbjørn, og da hine hørte dette, taug de. Andre sagde: „lad dem drages, så bliver de Godvenner; disse har længe nok seet ondt over til hverandre." — „Ja," sagde En, „de vil Begge være den Bedste her i Bygden; lad os nu se." „Har I Andre seet noget ligt til han Thorbjørn Granliden?" mente Knud; „jeg syntes, han nylig var her på Gården." „Ja, her er han," sagde Thorbjørn, og i det Samme fik Knud et Slag over det højre Øre, så han tumlede hen i nogle Mænd, som stod der. Nu blev der ganske stilt. Knud rejste sig og foer frem uden at sige et Ord; Thorbjørn tog mod ham. Der blev nu en lang Nævekamp, da begge vilde hinanden på Livet; men begge var vel vant og holdt hinanden væk. Thorbjørns Slag faldt nok så ofte, og Nogle sagde, de faldt nok så tungt. — „Der har Knud fundet sin Mand," sagde hin, som havde taget Hesten; „giv Plads!" Kvindfolkene flygtede; kun een stod højt på en Trap for bedre at se; det var Bruden. Thorbjørn fik et Glimt af hende og stansede lidt; da så han en Kniv i Knuds Hånd, huskede hendes Ord, at Knud ikke var god, og med et velrettet Slag traf han Knuds Arm over Håndledet, så Kniven faldt, men han selv rigtig nok i det Samme fik dens Od op i sin. „Au, hvor du slog," sagde Knud. „Synes du?" spurgte hin og brød nu ind på ham. Knud havde ondt for at bruge sin Arm, han blev løftet og båret, men det bar imod, før han blev lagt. Han blev flere Gange sat slig mod Jord, at enhver Anden vel havde svigtet, men dette var en god Ryg, Thorbjørn flyttede med ham, Folk veg, men han kom efter med ham, og således bar det rundt den hele Gård. Da de kom opunder Trappen, hivede han ham endnu engang i Vejret og truede ham ned, så Knæerne gav efter og Knud langs over Stenhelden, så det sang i ham. Han blev liggende stille, gav et dybt Støn fra sig og lod Øjnene synke i; Thorbjørn rettede sig og så op; hans Øjne faldt lige på Søsteren, der stod ubevægelig og så på. „Tag Noget og læg opunder Hovedet på ham," sagde hun, vendte sig om og gik ind.

To gamle Koner gik forbi; den ene sagde til den anden: „Herregud, der ligger En igjen; hvem er nu dette?" En Mand svarte: „han Knud Nordhoug". Da sagde den anden Kone: „Så kanske det liver på[1] med Slagsmålene herefterdags. De måtte da også have Andet at bruge sine Kræfter til." — „Der sagde du et sandt Ord, Randi". mente hin;

„Vorherre hjælpe dem så langt frem, at de kan se forbi hverandre og hen til noget Mere".

Dette faldt Thorbjørn underligt på Sindet; han havde ikke sagt et Ord, men stod der endnu og så på dem, som stelte med Knud, — Flere talte til ham; men han svarte ikke. Han vendte sig fra dem og faldt i Tanker, Synnøve kom frem i dem og han blev meget skamfuld. Han tænkte på, hvad Forklaring han skulde give, og han tænkte på, det var ham nok ikke så let at slutte, som han engang troede. I det Samme hørte han bag sig: „vogt dig Thorbjørn!" men før han fik vende sig, var han greben ved Skuldrene, bagfra, blev bøjet ned, og følte ikke Noget mere, uden en stikkende Smerte, hvis Sted han ikke rigtig kjendte. Han hørte Stemmer omkring sig, fornam, at de kjørte, troede selv stundom, at han kjørte, men vidste det ikke bestemt.

Dette varte meget længe, det blev koldt, snart igjen varmt og da så let for ham, så let, at han syntes at svæve, — og så forstod han det: han bares af Trætoppene fra den ene til den anden, så han kom op i Liden, højere op, — på Sæteren, endnu højere op, — lige på det højeste Fjeld; der bøjede Synnøve sig ned over ham og græd og sagde, at han skulde have talt. Hun græd meget og mente, at han dog selv havde seet, hvorledes Knud Nordhoug gik ivejen for ham, bestandig ivejen for ham, og så måtte hun jo tage Knud. Og så klappede hun ham mildt ned ad den ene Side, så det blev så varmt der, og græd, så Skjorten på det Sted blev våd. Men Aslak sad på Hug oppe på en stor spids Sten og tændte Trætoppene rundt omkring sig, så de braste og brændte, og Kvistene føg om ham; selv lo han med vidt Gab og sagde: det er ikke mig, det er Moder min, som gjør det! Og Sæmund, Faderen, stod til den ene Side og kastede Kornsække højt op, så Skyerne trak dem til sig, bredte dem udover som en Tåge, — og dette syntes ham underligt, at Kornsække kunde flyde slig udover al Himmel. Da han så nedover på Sæmund selv, blev denne så liden, så liden, at han tilsidst næsten ikke kom op over Jorden, men endda kastede han Sækkene højere og højere og sagde: gjør mig det efter, du! — — Langt borti Skyerne stod Kirken, og den lyse Kone på Solbakken stod oppi Tårnet og hviftede med et rødgult Lommetørklæde i den ene Hånd og en Psalmebog i den anden og sagde: hid kommer du ikke, før du har lagt af at slåes og bande, — og da han skulde se til, så var det ikke Kirken, men Solbakken, og Solen stod slig på alle de hundrede Ruder, at han fik ondt i Øjnene og måtte lukke dem hårdt i...

„Varlig, varlig, Sæmund!" hørte han og vågnede som af en Slummer ved at han blev båret, og da han så sig om, var han kommen ind i Stuen på Granliden, en stor Ild brændte på Gruen, Moderen stod ved Siden af ham og græd; Faderen tog just opunder ham, — han vilde bære ham ind i et Sidekammer. Da slap Faderen ham sagte ned igjen: „der er endnu Liv i ham!" sagde han med dirrende Stemme og vendte sig mod Moderen. Denne udbrød: „Vorherre hjælpe mig; han ser op! Thorbjørn, Thorbjørn, velsignede Gut, hvad har de gjort med dig?" og hun ludede sig ned over ham og strøg hans Kind, medens hendes Tårer faldt varme på hans Ansigt. Sæmund var oppi Øjet med det ene Ærme, flyttede så Moderen blidt tilside: „Lad mig lige så godt tage ham strax". sagde han. Og han tog vel opunder hans Skuldre med den ene Hånd, lidt nedenfor Ryggen med den anden —: „hold på Hovedet, du Mor, om han ikke skulde have Kraft til at bære det". Hun gik da foran og holdt på Hovedet, Sæmund søgte at komme i Skridt med hende og snart lå Thorbjørn på Sengen i det andet Kammer. Efterat de nu havde bredt over ham og lagt ham vel tilrette, spurgte Sæmund, om Gutten var kommen afgårde. „Der ser du ham!" sagde Moderen og pegte ud. Sæmund åbnede Vinduet og råbte ud: „Er du fremme om 1 Time, skal du få din Årsløn to Gange; — det er det Samme, om du sprænger Hesten."

Han gik atter bort til Sengen, Thorbjørn så på ham med store, klare Øjne, Faderen måtte se på dem, og da begyndte hans at fugtes. „Jeg vidste, det vilde ende slig". sagde han sagte, vendte sig og gik ud. Moderen sad på en Krak inde ved Sønnens Fødder og græd, men hun talte ikke. Thorbjørn vilde tale, men han følte det faldt sig tungt, derfor tiede han. Men han så på Moderen uafbrudt, og Moderen havde aldrig seet slig Glans i hans Øjne, heller aldrig havde de været så fagre, hvilket syntes hende et slemt Forbud. „Gud Herren han hjælpe dig!" brast det endelig ud; „jeg ved, at Sæmund vælter overende, den Dag du går væk". Thorbjørn så på hende med ubevægeligt Øje og Ansigt. Blikket foer lige igjennem hende, og hun begyndte at bede sit Fadervor for ham; thi hun tænkte, han kun havde lidt igjen. Medens hun da sad der, randt det hende i Sind, hvor kjær han fremfor Nogen havde været dem Alle og nu var Ingen af Sødskendene hans hjemme. Fik hun da Bud op til Sæteren efter Ingrid og en yngre Broder, kom så igjen og satte sig der som før. Han så endnu på hende og Blikket var hende en Psalmesang; det førte hendes Tanker mildeligt ind i de bedre Ting, og gamle Ingebjørg blev andagtsfuld, tog Bibelen frem, og sagde: „nu vil jeg læse højt for dig, at du kan have det godt." Da hun ingen Briller havde ved Hånden, slog hun op et Sted, som hun omtrentlig kunde udenad fra hun var Pige, og det var af Johannes Evangelium. Hun var ikke vis på, at han hørte hende; thi han var ubevægelig som før, stirrede blot på hende; men hun læste dog, om ikke for ham, så for sig selv; thi Gråden stod stille sålænge.

Ingrid kom snart hjem for at bytte med hende; men da sov Thorbjørn. Ingrid græd uden Ende; hun var begyndt med det, før hun gik fra Sæteren, thi hun tænkte på Synnøve, som Intet fik vide. Nu kom Doktoren og undersøgte ham. Han havde fået et Knivstik i Siden, var også ellers bleven slagen, men Doktoren sagde Intet, og der var Ingen som spurgte ham. Sæmund fulgte ham ind iSygestuen, stod der og så uafbrudt på Doktorens Ansigt, gik, da han gik, hjalp ham op i Kariolen og tog til Huen, da Doktoren sagde, at han kom igjen Dagen efter. Så vendte han sig mod Konen, som havde fulgt med: „Når den Mand ikke taler, er det farligt". hans Mund bævrede, han slog den ene Fod omkring den anden og gik bortover Marken.

Ingen vidste, hvor han blev af; thi han kom ikke hjem den Kveld, heller ikke om Natten, men først den næste Morgen, og da syntes han så mørk, at Ingen turde spørge ham om Noget. Selv sagde han: „Nu?" — „Han har sovet," svarte Ingrid; „men han er så magtesløs, at han ikke kan løfte en Hånd". Faderen vilde ind for at se til ham; men vendte, da han kom til Døren.

Doktoren var der, ligeså Dagen efter, og flere Dage itræk; Thorbjørn kom lidt til Kræfter, kunde tale, men fik ikke Lov til at røre sig. Ingrid sad som oftest hos ham, også Moderen og hans mindre Broder; men han spurgte dem ikke om Noget, og de ikke ham. Faderen var aldrig inde. Dette så de, at den Syge lagde Mærke til; hvergang Døren gik op, blev han opmærksom, og de troede det måtte være fordi han ventede Faderen. Tilsidst spurgte Ingrid ham, om han ikke gjerne vilde se Flere af dem. „Å, de vil vel ikke se mig". svarte han. Dette blev sagt Sæmund, som Ingenting svarte strax; men den Dag var han borte, da Doktoren kom. Såsnart Doktoren kom et Stykke på Landevejen, traf han Sæmund, der sad på Vejkanten og ventede ham. Efterat have hilset ham spurgte Sæmund om sin Søn. „Bedre end jeg havde ventet," var det korte Svar. „Står han sig?" spurgte Sæmund og rettede på Hestens Sadelgjord. — „Tak, den sidder nok så godt," sagde Doktoren. „Den var ikke stram nok," svarte Sæmund. Der opstod en liden Stilhed, hvori Doktoren så på ham; men Sæmund så ikke op. „Du spurgte nylig, om han stod sig; jeg tror nok det". sagde Doktoren langsomt. Sæmund så rask op: „er det til Liv?" spurgte han. „Det har det været i flere Dage". svarte Doktoren. Da piplede der nogle Tårer frem i Øjnene på Sæmund, han søgte at tage dem væk; men de kom igjen: „Det er også en Skam, slig jeg holder af den Gutten," hikkede han; „men ser du, Dokter: stoutere Karl har der ikke været i Præstegjeldet!" — Doktoren blev rørt og tiede; så spurgte han: „hvorfor har du ikke før villet vide Noget?" — „Jeg har ikke været god til at høre det," svarte Sæmund og havde endnu et Stræv med Gråden, som han ikke kunde true ned; — „og så var det de Kvindfolk," fortsatte han. „De så hver Gang efter, om jeg spurgte, og da kunde jeg det ikke." „Du har Ingenting at græde for, „sagde Doktoren, „som sagt, han er over Livsfaren for lang Tid siden." — „Ja, jeg ved ikke, hvoraf det kommer, jeg; jeg plejer ellers ikke være blød af mig . . . Får han Hilsen sin igjen?" spurgte han pludselig. — „På en Vis; ellers kan sligt endnu ikke siges med Sikkerhed." Da blev Sæmund rolig og eftertænksom. „På en Vis," mumlede han. Han stod og så ned, Doktoren vilde ikke tale først, fordi der var noget ved den Mand, som forbød det. Pludselig løftede Sæmund Hovedet ivejret: „Tak for Underretningen," sagde han, rakte Hånden frem og gik tilbage.

På samme Tid sad Ingrid hos den Syge. „Er du god til at høre på, så skal jeg fortælle dig noget om Fader". sagde hun. „Fortæl," sagde han. „Jo, den første Kvelden, Doktoren havde været her, kom Fader væk, og Ingen vidste, hvor han var. Men da havde han været over i Bryllupsgården, og der var alt Folk bleven ilde ved, da han kom. Han havde sat sig ned blandt dem og drukket, og Brudgommen har fortalt, at han troede, han kom halv på en Kant. Da først begyndte han at spørge efter Slagsmålet og fik nøjagtig Besked, om hvorledes det var gået til. Knud kom til, og Fader vilde, han skulde fortælle. Knud fortalte da, om hvorledes du havde faret med ham, efterat du havde lamslået hans Hånd; men da Knud ikke vilde fortælle Mere, rejste Fader sig og spurgte, om det var således det siden gik til? — i det Samme tog han Knud over Bringen, satte ham højt op på en Væg, holdt ham ind til den med sin venstre Hånd og trak sin Kniv op med den højre. Da skiftede Knud Farve og alle Gjæster tiede; men Fader kastede Kniven, sagde, han var ingen Kjeltring, tog så Knud og bar ham ud på Gården. Der lagde han ham ned på den Stenhelle, som endnu bar Blod efter dig. „Jeg kan ligesom ikke rigtig slippe dig, heller," sagde Fader og stod der over ham. Da var det Folk, som så Fader græde, men han gjorde ikke Knud noget. Knud selv rørte sig ikke. Fader rejste så Knud op igjen, men lagde ham en Stund efter atter ned: „det er tungt at slippe dig," sagde han og stod og stirrede på ham, medens han holdt ham.

To gamle Koner gik forbi, og af dem sagde den Ene: „Husk nu vel på Børnene dine, du Sæmund Granliden!" De fortæller, at Fader strax slap

Knud, og at han en Stund efter var borte af Gården; men Knud drog sig husimellem bort fra Bryllopet og kom did ikke mere."

Neppe var Ingrid færdig med denne Fortælling, før Døren åbnedes, En så ind, og det var Faderen. Hun gik strax ud og Sæmund kom ind. Hvad de To talte om, fik Ingen vide; Moderen, som stod opefter Døren for at lye, hun troede dog at have fanget en Gang, at de talte om, hvorvidt han kunde få Hilsen sin igjen eller ej. Men hun var ikke vis på det, vilde heller ikke gå ind, sålænge Sæmund var der. Da Sæmund kom ud, var han meget blid og lidt rød i Øjnene. „Vi beholder ham nok," sagde han i Forbigående til Ingebjørg; „men Vorherre ved, om han mere får Hilsen sin igjen." Ingebjørg begyndte at græde og fulgte Manden ud; på Staburstrappen satte de sig ned, ved Siden af hverandre, og Mangt blev nu talt mellem dem To.

Men da Ingrid sagte kom ind igjen til Thorbjørn, lå han med en liden Seddel i den ene Hånd, og sagde roligt og langsomt: „den får du levere Synnøve, næstegang du træffer hende." Da Ingrid havde læst, hvad der stod på den, vendte hun sig om og græd; thi på Seddelen stod:

„Til

velagtede Pige Synnøve Guttormsdatter Solbakken!

Når du haver læst disse Linier, får det at være forbi mellem os To. Thi jeg er ikke den, som du skal have. Vorherre være med os Beggeto.

Thorbjørn Sæmundsen Granliden."

6te Kapitel

Synnøve havde faaet vidst om det Dagen efterat Thorbjørn havde været i Bryllupet. Hans yngre Broder var kommen didop til Sæteren med Budsending om det, men Ingrid havde havt fat i ham ude i Svalen, netop som han gik, og hun havde givet ham, hvad han skulde bære frem. Synnøve vidste derfor ikke Mere, end at Thorbjørn havde kjørt Læsset overende og at han derfor var tagen op til Nordhoug efter Hjælp, men at Knud og han der var kommen ihob, og Thorbjørn var kommen lidt til Skade; han laa, men det var ikke farligt. Dette var en slig Tidende, at Synnøve blev mere harm end bedrøvet. Og jo mere hun tænkte paa dette, des mere modfalden blev hun. Hvormeget han lovede, saa skulde han dog bære sig slig ad, at Forældrene fik Noget at sige paa ham; det saa næsten ud, som at Vorherre selv lagde sig imellem. Men de skulde nu ikke fra hverandre alligevel, tænkte Synnøve og græd.

Der gik ikke mange Bud op til Sæteren og derfor drygdes det, før Synnøve fik anden Tidende. Uvisheden lagde sig tungt paa Sindet, og Ingrid kom ikke op igjen, saa der maatte være Noget paafærde. Hun var ikke god til at synge Kreaturene hjem om Kvelden, som hun før havde gjort, og hun sov ikke godt om Natten, da hun savnede Ingrid. Dette gjorde, at hun var træt om Dagen og derved blev ikke Sindet lettere. Hun gik og stelte, skurede Ringer og Kopper, ystede Ost og lagde Melk op, men det var neppe med Glæde, og Thorbjørns yngre Broder, samt den anden Gut, som havde Gjeslen sammen med ham, syntes nu at faa Vished for, at der maatte være Noget mellem hende og Thorbjørn, hvad der gav dem Emne til mangen Samtale oppi Marken.

Om Eftermiddagen paa den femte Dag efter Ingrids Afhentning, syntes det at ligge tyngre over hende end nogensinde. Nu var saa lang Tid runden og endnu ingen Tidende. Hun forlod sit Arbejde for at sætte sig og se udover Bygden, da dette syntes hende et Slags Selskab og hun nu ikke vilde være alene. Som hun sad der, blev hun træt, lagde Hovedet ned over sin Arm og faldt strax i Søvn; men Solen stak, og det blev en urolig Søvn. Hun var over paa Solbakken, oppe paa det Loft, hvor hendes Ting stod og hvor hun plejede at sove; Blomsterne fra Haven bar slig fager Duft op, skjønt ikke den, hun var vant til, men en anden næsten som af

Lyng. Hvoraf kommer vel det, tænkte hun, og bøjede Hovedet udover det aabne Vindu. Jo, saa stod Thorbjørn nede i Haven og plantede Lyng. „Men kjære dig, hvorfor gjør du dette?" spurgte hun. „Aa, de Blomster vil ikke voxe", sagde han, og gik og stelte nede i Haven. Da gjorde det hende ondt for Blomsterne og hun bad ham, endelig at bære dem op til hende igjen. Ja, det kan jeg gjerne gjøre, sagde han, og saa samlede han dem op og kom med dem; men det var nok ikke paa Loftet, hun sad, for han kunde gaa lige ind til hende. Da kom Moderen i det Samme: „I Jesu Navn! Skal den stygge Granlidgutten komme ind til dig?" sagde Moderen, sprang til og stillede sig midt ivejen for ham. Men han vilde ind alligevel og nu begyndte de To at brydes. „Moder, Moder, han vil bare ind igjen med Blomsterne mine", bad Synnøve og græd. „Ja det hjælper ikke", sagde Moderen og brød paa. Og Synnøve var saa ræd, for hun vidste ikke, hvem hun vilde have til at vinde; men tabe skulde Ingen af dem. „Tag ivare Blomsterne mine", raabte hun, men de brød nu værre paa end før, og de vakre Blomsterne hendes strøedes ud overalt, Moderen traadte paa dem, og han ogsaa; Synnøve græd. Men da Thorbjørn havde sluppet Blomsterne, blev han saa styg, saa styg, Haaret voxte paa ham, Ansigtet ogsaa, Øjnene saa ondt og lange Kløer satte han i Moderen. „Vogt dig Moder! Ser du ikke, det er en Anden, — vogt dig!" skreg hun og vilde hen og hjælpe Moderen, men kom ikke af Flekken. Da raabte Nogen paa hende og det raabte en Gang til. Men strax foer Thorbjørn væk, Moderen ogsaa; det raabte en Gang til. „Ja!" sagde Synnøve og vaagnede.

„Synnøve!" raabte det. „Ja," svarte hun og saa op. „Hvor er du?" spurgtes der. Det er Moder, som raaber, tænkte Synnøve, rejste sig og gik indover mod Sætervolden, hvor Moderen stod med en Løb i den ene Haand, skyggede for sig med den anden og saa ud imod hende.

„Her ligger du og sover paa den slette Marken!" sagde Moderen. „Jeg blev saa søvnig," svarte Synnøve, „at jeg lagde mig nedpaa en liden Rid, og saa vidste jeg ikke Ordet af, før jeg var indsovnet." — „Sligt maa du vogte dig for, Barnet mit. — — Her er Noget til dig i Løben; jeg bagte igaar, da Fader skal paa Langrejse." Men Synnøve følte paa sig, at Moderen ikke kom derfor, og hun tænkte, at hun havde ikke drømt om hende for Ingenting. Ingrid, så hedte Moderen, som før sagt, var liden og spinkel af Vext, havde lyst Hår og blå Øjne, som gik snare i Hovedet, hvilket også er sagt før. Hun smilte lidt, når hun talte, men det var blot, når hun talte med Fremmedfolk. Hendes Ansigt var nu blevet noget skarpt, hun var rask i sine Bevægelser og havde altid travelt. — Synnøve takkede hende for Gaverne, tog op Låget og så efter, hvad det var. — „Aa ja, gjør det en anden Gang," sagde Moderen; „jeg lagde Mærke til, at Kopperne dine ikke var vasket endnu, det må du passe på at gjøre, Barnet mit, før du tager Hvile." — „Ja, det var også bare i Dag." — „Kom nu, så får jeg hjælpe dig, siden jeg alligevel er her," sagde Moderen og skjørtede sig op. „Du må vænne dig til Orden enten du går under Øjnene mine eller ej." Hun gik foran mod Melkesvalen og Synnøve langsomt efter. Der tog de ud og vaskede op; Moderen så efter deres Stel og fandt det ikke ilde, gav idelig Anvisning og hjalp til at feje rent, og således gik en Time eller to med. Hun havde under Arbejdet fortalt hende om, hvad de drev med hjemme og om hvor travelt hun havde havt det nu, før hun fik Faderen ivej. Så spurgte hun efter, om Synnøve huskede at læse Guds Ord før hun lagde sig om Kvelden, „for det må ikke glemmes," mente hun; „ellers går Arbejdet dårligt den næste Dag."

Såsnart de nu var færdig, gik de ud på Volden og satte sig der for at vente Kjøerne. Og som de nu vel havde sat sig, spurgte Moderen efter Ingrid, nemlig om hun ikke snart kom til Støls igjen. Synnøve vidste ikke mere derom end Moderen. „Ja, slig kan Folk fare," sagde Moderen, og Synnøve forstod nok, at det ikke var Ingrid hun mente; hun vilde gjerne have bøjet det væk; men hun havde ikke Mod til det. „Den, som aldrig har Vorherre i Hjertet, han findes sommetider, når han mindst venter det," sagde Moderen. Synnøve sagde ikke et Ord. „Nej, det har jeg altid sagt: den Gut bliver der Ingenting af. — End at fare slig, fy!" — De sad Begge på Hug der og så nedover; men de så ikke på hverandre. „Har du hørt, hvorledes det står til med ham?" spurgte Moderen og så nu kort hen på hende. „Nej," svarte Synnøve. „Det skal være dårligt med ham," sagde Moderen. Synnøve begyndte at blive trang for Brystet: „er det da farligt?" spurgte hun. — „Aa, det var nu Knivstikket i Siden; — ja han fik nok slemme Slag også." Synnøve vidste ikke rigtig, hvorledes hun skulde bære sig ad; strax vendte hun sig mere bort for at Moderen ikke skulde få se hende. „Ja, det har vel ikke noget Videre på sig at sige?" spurgte hun så roligt som hun var god til; men Moderen havde lagt Mærke til, at hendes Bryst gik stærkt, og derfor svarte hun: „å nej, ikke det heller." Da begyndte Synnøve at ane, her måtte være noget Galt påfærde, men hvorledes hun skulde få det at vide, vidste hun ikke. „Han ligger?" spurgte hun. — Ja, kors, han ligger. — Det er Synd påForældrene, slige brave Folk de er. Godt opdragen er han også, så Vorherre har Ingenting at kræve dem for." Synnøve blev nu så beklemt, at hun vidste ikke sin Råd; spørge turde hun ikke mere, og det lod til at Moderen heller ikke vilde sige hvad hun ventelig vidste. „Nu viser det sig nok at være brav, at Ingen er bunden til ham. Vorherre, han lager da også

Alt til det Bedste." De sad en Stund der uden at hun fortsatte; Synnøve holdt på med Gråden, som det var så tungt at tvinge ned.

„Nej, jeg har altid sagt til ham Far, jeg: Gud bevare os, har jeg sagt, vi har nu bare denne ene Datteren, og hende får vi sørge for." Begge kom de herved til at tænke på Faderen; Moderen fortsatte: „Han er nu ligesom lidt blød af sig, han, så brav han ellers er; men så er det godt med det, at han tager Rådet der, han finder det, og det er i Guds Ord." Men bare nu Synnøve kom til at tænke på Fader sin, hvor mild han altid var, så fik hun det endnu værre med at kue Gråden ned. Og dennegang nyttede ingen Modstand, hun begyndte at græde. — „Græder du?" spurgte Moderen og så hen til hende uden at få se hende. „Ja, jeg tænker på ham Fader og så . . ." og det brød nu løs tilgagns. „Men kjære dig da, Barnet mit, hvad går der af dig?" — „Aa, jeg ved ikke rigtig . . . det kom slig over mig . . . kanske det går ham ilde på den Rejsen," hulkede Synnøve. „Hvor du kan snakke," sagde Moderen, — „det skulde ikke gå ham godt? — til Byen efter slette Landevejen?" — „Ja, husk nu på, . . . hvorledes det gik . . . den Anden," sagde Synnøve. — „Ja ham; — men Fader din farer da ikke som en Gap, skulde jeg tro. Han kommer nok skadesløs hjem igjen, — såfremt Vorherre ellers vil holde sin Hånd over ham."

Moderen begyndte at tage en Tanke af denne Gråd, som ikke vilde holde op igjen. Ret som hun sad der, sagde hun: „der er mange Ting i Verden, som kan være tunge nok; men da får En trøste sig med, at de kunde have været endnu tyngre." „Ja det er en dårlig Trøst," sagde nu Synnøve og græd sårt. Moderen havde ikke rigtig Hjerte til at svare hende hvad hun tænkte, så sagde hun blot: „Vorherre selv bestemmer mange Ting for os på en synlig Måde; det har han vel gjort her med", og så rejste hun sig; thi Kjørene begyndte at raute oppi Aasen, Klokkerne klang, Gutterne haukede, og det drog sagte nedover, da Kjørene var mætte og rolige. Hun stod og så til, bad så Synnøve være med op at tage mod dem. Synnøve rejste sig nu også og kom efter; men det gik langsomt.

Ingrid Solbakken fik nu travelt med at hilse på sin Buskap. Der kom den ene Ko efter den anden, og de kjendte hende og rautede; hun klappede dem, talte til dem og blev glad igjen ved at se, hvor godt de havde taget sig allesammen. „Aa ja," sagde hun; „Vorherre er den nær, som holder sig nær til ham." Hun hjalp nu Synnøve med at sætte dem ind; thi det gik sent med Synnøve den Dag. Moderen sagde Ingenting dertil, hun hjalp hende også med at malke, skjønt hun derved blev længere deroppe end hun havde foresat sig. Da de nu også havde silet, lagede Moderen sig til at tage nedover igjen og Synnøve vilde følge hende påvej. „Aa nej," sagde Moderen; „du er kanske træt og vil være ifred," og så tog hun da den tomme Løb til sig, gav hende Hånden og sagde, idet hun så sikert på hende: „Jeg kommer snart op igjen forat se, hvorledes du har det. — — Hold du dig til os og tænk ikke på Andre."

Neppe var Moderen kommen af Syne, før hun tænkte på, hvorledes hun skulde få snarest Bud ned til Granliden. Hun kaldte på Thorbjørns Broder; hun vilde sende ham nedover; men da han kom, fandt hun det lejt at betro sig til ham, sagde derfor: „det var Ingenting." Hun tænkte da på at gå selv. Vished måtte hun have og det var Synd af Ingrid, som ikke sendte hende Bud. Natten var ganske lys og Gården lå ikke så langt nede, at hun nok kunde gå den Vej, når Sligt drog derned. Medens hun sad og tænkte på dette, lagde hun sammen i Tankerne Alt det Moderen havde sagt, og Gråden begyndte påny; men da var hun heller ikke sen, tog på sig et Tørklæde og gik en Krogvej, forat Gutterne ikke skulde mærke det.

Jo længer hun kom frem, jo mere skyndte hun på, og tilsidst hoppede hun nedad Gangstien, så Småstenene løsnede, rullede nedover og gjorde Skræk. Skjønt hun vidste, at det var bare Stenene, som rullede, forekom det hende dog, at der var Nogen i Nærheden og hun måtte stanse og lye efter dem. Så var det Ingenting og hun hoppede afsted fortere end før; da hændte det sig, at hun med et stærkt Hop kom ned på en større Sten, som stak frem i Vejen med den ene Ende, men nu løsnede, foer afsted og forbi hende. Den gjorde svær Støj, det knagede i Buskene og hun var ræd, men blev det endnu mere ved at hun livagtig syntes, det var Nogen, som rejste sig og nu rørte sig længer nede på Vejen. Først tænkte hun, det kunde være et Udyr, hun stansede med tilbageholdt Aande; hint nede på Vejen stod også stille. „Ho—i!" sagde det. Det var Moderen! Det Første Synnøve gjorde var at springe hen og gjemme sig. Hun sad en god Stund forat vente og se, om Moderen havde gjenkjendt hende og kom tilbage; men det gjorde hun ikke. Så ventede hun endnu længer, forat Moderen kunde komme godt afvejen. Når hun nu tog afsted igjen, gik hun stille — og snart nærmede hun sig Husene.

Hun blev noget beklemt igjen, da hun så dem, og det tiltog, jo nærmere hun kom dem. Alt var stille der, Arbejdsredskaberne stod lænet op mod Væggen, Ved lå hugget og stablet op og Øxen bed fast i Stabben. Hun gik forbi og hen til Døren; der stansede hun endnu engang, så omkring sig og lyede; men Intet rørte sig. Og som hun stod der og var i Uvished, om hun turde gå på Loftet til Ingrid eller ej, kom hun til at tænke, at det måtte vel være i en slig Nat for nogle Aar siden at Thorbjørn havde været over og plantet Blomsterne hendes. Hurtig tog hun Skoene af sig og listede sig op ad Trappen.

Ingrid blev meget ræd, da hun vågnede og så det var Synnøve, som havde vækket sig. — „Hvorledes har han det?" hviskede Synnøve. Nu mindedes Ingrid Altsammen og vilde tage på sig forat undgå at svare strax. Men Synnøve satte sig på Sengekanten, bad hende ligge og gjentog sit Spørgsmål.

„Nu er det bedre," sagde Ingrid hviskende; „jeg kommer snart op til dig." — „Kjære Ingrid, gjem Ingenting for mig; du kan intet Galt sige mig, som jeg ikke har tænkt mig værre." Ingrid forsøgte endnu at være skånsom, men den Andens Frygt drev på, og der blev ingen Tid til Omveje. Hviskende faldt Spørgsmålene, hviskende Svarene, den dybe Stilhed rundt omkring gjorde både Spørgsmål og Svar endnu alvorligere, så der blev en slig højtidelig Stund, hvori man vover at se den værste Sandhed lige i Øjet. Men dette syntes de Begge at få ud, at Thorbjørns Skyld var liden dennegang, og at intet Ondt fra hans Side skjød sig imellem ham og deres Medfølelse for ham. De græd Begge frit ud, men stille, — og Synnøve græd mest; hun sad ganske sammensjunken på Sengekanten og kom snart så vidt, at en Oplysning mere eller mindre gjorde hverken fra eller til. Ingrid søgte at friske hende ved at minde om, hvor mangen Glæde de Tre ret havde havt sammen; men da gik det her som så ofte, at hver liden Erindring fra de Dage, hvorover Solskinnet leger, nu i Sorgen smelter op til Tårer.

„Har han spurgt efter mig?" hviskede Synnøve. — „Han har næsten ikke talt." Ingrid huskede Seddelen, og den begyndte at trykke hende. — „Er han da ikke god til at tale?" — „Jeg ved ikke, hvorledes han har det; — han tænker vel desmere." — „Læser han?" — „Mor har læst for ham; nu må hun gjøre det hver Dag." — „Hvad siger han så?" — „Nej, han siger næsten Ingenting, hører du. Han ligger blot der og ser." — „Det er i den malede Stue han ligger?" — „Ja." — „Og vender Hovedet mod Vinduet?" — „Ja." De tiede Begge en Stund. Så sagde Ingrid: „den lille Sancthanslegen, du engang gav ham, den hænger der i Vinduet og vender sig."

Atter blev der stille en Stund, skjønt nok Synnøve græd ganske sagte, efter hvad Ingrid kunde høre. „Ja, det er det Samme," sagde Synnøve pludselig og stærkt; „aldrig i Verden skal Nogen få mig til at slippe ham, enten det nu går så eller så!" Ingrid blev meget beklemt. „Doktoren ved ikke, om han får Hilsen sin igjen," hviskede hun.

Nu hævede Synnøve Hovedet med tilbageholdt Gråd, så på hende uden at sige et Ord, lod det så igjen falde og blev siddende i Tanker; de sidste Tårer randt sagte nedover Kinderne, men ingen ny kom efter; hun foldede Hænderne, men rørte sig ellers ikke. Rejste hun sig pludselig med et Smil, ludede sig nedover Ingrid og gav hende et varmt, langt Kys.

Dette rørte Ingrid meget, uden at hun forstod hvorfor; men før hun kom sig til at sige Noget, følte hun sin Hånd greben og trykket: „Farvel Ingrid. Nu vil jeg gå opover alene." — Og hun vendte sig meget hurtigt.

„Det var den Seddelen", hviskede Ingrid efter hende. „Seddelen?" spurgte Synnøve. Ingrid var allerede oppe, ledte den frem og gik hen til hende med den; men idet hun nu med sin venstre Hånd puttede den ind på hendes Barm, slog hun sin højre omkring hendes Hals, trykkede hende inderlig rørt op til sig og gav hende nu Kysset igjen, medens Synnøve følte hendes Tårer falde varme og store på sit Ansigt. Så skjød Ingrid hende ud af Døren og lukkede den i; for hun havde ikke Mod til at se Resten.

Synnøve gik sagte ned af Trappen på sine Hosesokker; men da Tankerne var hende formange, kom hun uforvarende til at gjøre Støj, blev ræd, hoppede ud af Gangen, greb Skoene og ilte med dem i Hånden forbi Husene, over Markene og lige bort til Grinden; der stansede hun og trak dem på, begyndte at gå opover og skyndte sig, fordi Blodet var kommen i Fart og Tankerne med. Det var ikke godt at vide, hvilke disse var, men nok er det, at hun gik og småsang og altid skyndte mere og mere på, så hun tilsidst blev træt og måtte sætte sig. Så huskede hun Seddelen.

Synnøve blev nok siddende der den Nat. I alle Fald var hun ikke hjemme, da Buhunden gjorde Støj den næste Morgen, Gutterne vågnede og Kjøerne skulde malkes og slippes.

Som Gutterne endnu lå og undrede sig på, hvor hun kunde være og fandt ud, at hun ikke havde lagt hele Natten, — kom Synnøve. Hun var meget bleg og stille. Uden at sige et Ord gav hun sig til at lage Mad for Gutterne, lagde Niste ned og hjalp siden med at malke.

Tågen trykkede endnu de lavtliggende Aase, Lyngen glittrede af Dug henover den brunrøde Hej, det var lidt koldt, og når Hunden gjøede, svarte det rundtomkring. Buskapen blev sluppen; den rautede mod den friske Luft og Ko på Ko tog afsted udover Råket; men derfremme sad alt Hunden, tog mod dem og mødte for dem, til alle var slupne, hvorpå også han slap dem frem; Klokkelyden dirrede henad Aasen, Hunden gjøede så det skar igjennem, Gutterne prøvede, hvem som kunde hauke stærkest. Fra al denne Larm gik Synnøve bort og ned til det Sted på Stølen, hvor Ingrid og hun plejede sidde. Hun græd ikke, sad stille og stirrede, og mærkede af og til hin iltre Støj, som nu fjernede sig og flød bedre sammen, jo længere bort den kom. Under dette begyndte hun at smånynne, derpå at synge lidt højere og så med klar høj Stemme følgende Sang. Hun havde nok laget den om Natten efter en anden, som ikke rigtig passede her; men var det så, blev dette den første og sidste Vise, hun lagede.

Nu Tak for Alt ifra vi var små
og legte sammen i Skog og Lage'.
Jeg tænkte Legen den skulde gå
oppi de grånende Dage.

Jeg tænkte Legen den skulde gå
ud fra de løvede, lyse Birke
did frem, hvor Solbakkehuse stå
og til den rødmalte Kirke.

Jeg sad og vented såmangen Kveld
og så did bort under Granehejen;
men skygged gjorde det mørke Fjeld,
og du, du fandt ikke Vejen.

Jeg sad og vented og tænkte tit:
når Dagen lider, han Vejen vover.
Og Lyset sluktes og brændte lidt,
og Dagen kom og gik over.

Det stakkers Øjet er blevet vant,
det kan så sent med at vende Synet;
det kjender sletingen anden Kant;
og brænder sårt under Brynet.

De nævner Sted, hvor jeg Trøst kan få;
det er i Kirken bag Fagerliden;
men bed mig ikke om did at gå: —
han sidder lige ved Siden.

— Men godt, så ved jeg dog, hvem det var,
som lagde Gårdene mod hverandre

og Vej for Synet i Skogen skar
og gav det Lov til at vandre.

Men godt, så ved jeg dog, hvem det var,
som satte Stole til Kirkebor'et,
og gjorde, at de gå Par om Par
fremover lige mod Koret.

7de Kapitel

God Tid efter sad Guttorm Solbakken og Konen, Ingrid sammen borti den store, lyse Stue på Solbakken og læste for hverandre af nogle nye Bøger, som de havde fået fra Byen. De havde været i Kirke om Formiddagen; thi det var en Søndag, — så havde de gået lidt sammen udover Jordet forat se, hvorledes Grøden stod og forat overveje, hvad der skulde lægges igjen eller haves oppe til næste År. De havde ruslet fra den ene Atlege og Ager til den anden, og det syntes dem, at Gården var gået godt frem i deres Tid; „Gud ved, hvorledes den vil skjøtte sig, når vi er borte?" havde Ingrid sagt. Da var det, Guttorm havde bedet hende følge med ind, at de kunde læse i de nye Bøger; „thi En gjør bedst i at holde sig fra slige Tanker."

Men nu var Bogen prøvet, og Ingrid mente, at de gamle var bedre: „Folk skriver bare op igjen af dem." — „Det kan være Noget i det; Sæmund sagde idag til mig i Kirken, at Børnene også er bare Forældrene op igjen." — „Ja, du og Sæmund har nok talt om Meget idag." — „Sæmund er en forstandig Mand." — „Men holder sig lidt til sin Herre og Frelser, er jeg bange for." — Herpå svarte ikke Guttorm. — „Hvor blev det nu af Synnøve?" spurgte Moderen. „Hun er oppe på Loftet," svarte han. „Du sad der jo selv med hende før, hvorledes var hun tilsinds?" — „Å —." „Du skulde ikke have ladet hende blive siddende der alene." — „Der kom Nogen." Konen tiede lidt. — „Hvem var vel det?" — „Ingrid Granliden."

„Jeg tænkte, hun var på Sæteren endnu." — „Hun var hjemme idag forat Moderen kunde komme i Kirke." — „Ja, vi så da også hende der en Dag." — „Hun har Meget at stå i." — „Det har Andre med; En kommer alligevel did, han længes til." Guttorm svarte ikke herpå. Om en Stund sagde Ingrid: „De var der hele Granlidfolket idag foruden Ingrid." — „Ja, det var vel forat følge Thorbjørn første Gang." — „Han så dårlig ud." — „Ikke bedre at vente; jeg undrede mig over, han var såpas." — „Ja, han har fået lide for sin Galskab." Guttorm så lidt ned for sig: — „han er nu bare Ungdommen endnu." — „Der er ingen god Grund der; En kan aldrig være tryg på ham."

Guttorm, som sad med Albuerne på Bordet og drejede en Bog rundt i Hånden, åbnede nu denne, og idet han begyndte ligesom at læse sagte i den, lod han de Ord falde: „Han skal være ganske siker på at få igjen sin fulde Hilse." Moderen tog nu også en Bog. „Det var rigtig bravt for en så vaker Gut," sagde hun; „Vorherre lære ham at bruge den bedre." De læste Beggeto; så sagdeGuttorm, idet han bladede om: „Han så ikke bort til hende i hele Dag." — „Nej, jeg mærkede mig også, at han sad stille i Stolen, til hun var gåen." En Stund efter sagde Guttorm: „Du tror, han glemmer hende?" — „Det var i alle Fald det Bedste."

Guttorm læste ligefrem, Konen bladede. „Jeg synes ikke videre om, at Ingrid bliver siddende her," sagde hun. — „Synnøve har neppe nogen Anden at tale med." — „Hun har os." — Nu så Faderen bort på hende: „Vi må ikke være for strenge." Konen tiede; om en Stund sagde hun: „Jeg har heller aldrig forbudt hende det." Faderen lagde Bogen sammen, rejste sig og så udover ifra Vinduet. „Der går Ingrid," sagde han. Neppe havde Moderen hørt dette, før hun gik hurtig ud. Faderen stod endnu længe i Vinduet, vendte sig da og gik op og ned. Konen kom ind igjen, han stansede. „Jo, det var som jeg tænkte," sagde hun; „Synnøve sidder oppe og græder, men roder nedi sin Kiste, når jeg kommer," og så fortsatte hun, idet hun rystede med Hovedet: „nej, det er ikke godt, at Ingrid går her;" — hun gav sig til at stelle med Kveldsmaden, gik ofte ud og ind. Engang, medens hun var ude, kom Synnøve, lidt rødgrædt og stille; hun gled tæt forbi Faderen, som hun så oppi Ansigtet, og hen til Bordet, hvor hun satte sig og tog en Bog. En Stund efter lagde hun den sammen, gik hen og spurgte Moderen, om hun skulde hjælpe hende. „Ja, gjør du det," sagde denne; „Arbejde er godt for Alting."

Det blev hendes Tur at dække Bordet; det stod borte ved Vinduet. Faderen, som hidtil havde gået op og ned, gik nu derhen og så ud; „jeg tror den kommer sig den Bygageren, Regnet slog," sagde han; hun stillede sig ved Siden af ham og så til. Da sagde han sagte: „Det står godt på Granliden iår." Han hørte Ingenting fra hende; men hun blev stående og se; da vendte han på sig, Konen var inde, og så strøg han bare den ene Hånd ned ad Synnøves Baghoved, hvorpå han atter gav sig til at gå.

De spiste, men meget stille; Moderen læste Bønnen den Dag både før og efter Bordet, og da de havde rejst sig, vilde hun de skulde læse og synge, hvad de også gjorde. „Guds—Ord giver Fred; det er dog den største Velsignelse i Huset." Moderen så i det Samme hen til Synnøve, som havde slået Øjnene ned. „Nu skal jeg fortælle en Historie," sagde

Moderen; „det er sandt hvert Ord, og ikke ilde for den, som vil tænke derover." — —

Og så fortalte hun: „Der var i min Opvæxt en Jente på Houg, som var Datterdatter til en gammel boglærd Lensmand. Han tog hende tidlig til sig forat have Glæde af hende på sine gamle Dage, lærte hende da naturligvis Guds—Ord og god Skik. Hun var snar til at fatte og glad i Kundskab, så hun, inden lang Tid løb, var fremme, hvor vi stod tilbage, hun skrev og regnede, kunde sine Skolebøger og 25 Kapitler i Bibelen, da hun var 15 År; jeg husker det som det var igår. Hun holdt mere af at læse end af at danse, så hun sjelden fandtes der, hvor Laget gik, men tiere i Bedstefaderens Loftsværelse, hvor hans mange Bøger stod. Det bar slig til, at hvergang vi kom sammen med hende, stod hun som hun var andensteds, og vi sagde til hverandre: var vi blot så kloge som Karen Hougen. Hun skulde arve Gamlingen og mange gode Karle bød sig til at dele halvt med hende; Afslag fik de alle. På den Tid vendte Præstesønnen hjem fra sin Præstlære; det var ikke gået godt med ham, såsom han mere havde havt Sind for Vildskab og onde Ting end for de gode; nu drak han. „Vogt dig for ham!" sagde den gamle Lensmanden. „Jeg har været meget sammen med de Fornemme, og er det min Erfaring, at de er mindre værdt vor Lid end Bonden." Karen hørte bestandig hans Røst over de Andres, — og da hun senere traf til at møde Præstesønnen, gik hun afsides, skjønt han stod efter hende. Siden kunde hun ingensteds gå, uden at hun mødte ham. „Væk," sagde hun; „det nytter dig lidet!" Men han fulgte. Hun vilde ikke fortælle det til den gamle Lensmanden, således bar det til, at hun dog tilsidst måtte stanse og høre på hin Karl. Han var fager nok, skjønt han ikke havde levet som han burde. Tilsidst var de sammen daglig; havde han hundrede Tunger, havde hun hundrede Øren. Men så blev det slig imellem dem, at han sagde, han ikke kunde leve hende foruden. Da skræmtes hun væk. Han gik og drev om Husene der; men hun kom ikke ud; han stod udenfor hendes Vindu om Natten og græd, men hun kom ikke frem; han sagde, han vilde gjøre Ende på sig; men Karen vidste, hvad hun vidste. Tog han så på at drikke igjen. — „Vogt dig: det er Djævelens List Altsammen," sagde den gamle Lensmanden. Så stod Karlen en Dag lige på hendes Værelse; Ingen vidste, hvorledes han var kommen did. „Nu vil jeg dræbe dig," sagde han. „Ja, trøst dig til det!" sagde hun. Men så græd han igjen og sagde, det stod i hendes Magt at gjøre ham til et skikkeligt Menneske. Da hun Intet vilde svare på dette, spurgte han, hvorfor hun ikke vilde tro ham. „Kunde du endda et halvt År holde dig fra at drikke," sagde hun. Og så holdt han sig i et halvt År fra at drikke; „tror du mig nu?" spurgte han.

„Ikke før du i et halvt År holder dig fra al Slags Lag og Lystighed." Det gjorde han; „tror du mig nu?" spurgte han. „Ikke før du rejser hen og ender din Præstlære." Han gjorde også dette, og Året efter var han tilbage som fuldlært Præst. „Tror du mig nu," spurgte han og havde endda Kappe og Krave på. „Nu vil jeg nogle Gange høre dig forkynde Guds— Ord," sagde Karen. Og det gjorde han purt og rent, som det sig en Præstemand sømmer; han talte om sin egen Dårlighed, og hvor let det var at sejre, når En først kunde begynde, og hvor godt Guds—Ord var, når En først fandt det. Gik han så igjen til Karen. „Ja, nu tror jeg, du lever efter, hvad du selv ved," sagde Karen. „Og nu vil jeg fortælle dig, at jeg i tre År har været trolovet med Anders Hougen, mit Sødskendebarn; du skal lyse for os på næste Søndag." — —

Her sluttede Moderen. Synnøve havde ingen Opmærksomhed vist i Begyndelsen, siden mere og mere, nu hang hun i hvert Ord. „Er det ikke Mere?" spurgte hun. „Nej," svarte Moderen. Faderen så til Moderen, da gled hendes Blik usikert til Siden og hun fortsatte efter en liden Betænkning, idet hun drog Fingeren efter Bordpladen: „kanske det også kunde være noget Mere; — — men det er det Samme." „Er det Mere?" spurgte Synnøve, og vendte sig mod Faderen, som syntes at vide det. „Å — ja; men det er, som Moder siger; det kan være det Samme." — „Hvorledes gik det ham?" spurgte Synnøve. „Ja det var netop det," sagde Faderen og så hen til Moderen. Denne havde lænet sig bagover mod Væggen og så på dem Begge. „Blev han ulykkelig?" spurgte Synnøve. — „En kan lidet vide derom . . . ellers tror jeg som sagt vi får slutte, hvor der skal være Slut," sagde hun og rejste sig. Faderen gjorde ligeså, Synnøve senere.

8de Kapitel

Nogle Uger efter, tidlig en Morgen, lagede hele Solbakkefolket sig til
Kirkefærd; der skulde være Konfirmation, som indtraf lidt tidligere iaar
end sædvanlig, og ved slig Lejlighed blev Husene stængt; thi Alle skulde
afsted. De vilde ikke kjøre, da Vejret var klart, om ogsaa lidt koldt og
vindhaardt i Morgenstunden; Dagen tegnede til at blive vaker. Vejen
bøjede omkring Bygden og forbi Granliden, strøg saa bortover tilhøjre,
og een god Fjerding Vej frem laa da Kirken. Kornet var paa de fleste
Steder skaaret og sat paa Stør, Kjøerne for det Meste tagne ned fra
Fjeldene og gik bundne, Markene var enten grønne anden Gang eller paa
magrere Jord graahvide; rundtom stod den mangefarvede Skog, Birken
alt syg, Aspen ganske gulbleg, Rognen med tørre Skrumpeblade, men
stolt alligevel; thi den bar Frugt. Smaakrattet muddrede op langs Vejen
og legte med de faldne Blade, som en kaad Vind kastede ind paa det,
eller stod og nyste i Vejsanden, som raske Kjørende hjalp Vinden med at
jage op. Fjeldsiderne begyndte ligesom at lude tyngre over Egnen, efter
hvert som den herjende Høst klædte dem af og gjorde dem alvorlige, —
Fjeldbækkene, der blot stundimellem havde vist Liv i Sommeren, tullede
nu hovne og sprættende nedover med stor Støj og sagde vidt, hvor de
kom: der er endnu Liv paa Fjeldet! Granlidfossen gik en tyngre og støere
Gang, havde Meget at bære og foer ikke med noget Smaasnak; holdt den
Taler, var det Taler med Fynd og Klem, navnlig da den kom ned i
Granliduren, hvor Fjeldet med een Gang ikke vilde være med længer,
men trak sig taus indad og lod den fare videre som den bedst kunde. Den
var just ikke ræd, skjønt den blev vred nok, tog Spændtag i Stenen og
satte hujende afsted, saa det skalv i Fjeldet. Vasket blev det for sit
Forræderi; thi Fossen satte en tirrende Straalesprøjt lige op i Ansigtet paa
det. Noget nysgjærrigt Orderkrat, som gjerne vilde se paa dette, stak
Hovederne ihob og nærmede sig Stupet, men blev som klomset af
Forfærdelse, havde nær ravet ned i Flommen, saaledes stod det og
hikkede i Vandbadet; thi Fossen var ikke spar den Dag.

Thorbjørn, begge hans Forældre, begge hans Sødskende og øvrige
Husfolk drog netop forbi og saa paa dette. Han var nu ganske frisk igjen
og havde alt som før taget sine vældige Tag i Faderens Arbejde. De To gik
nu bestandig sammen, saaledes ogsaa her. „Der tror jeg næsten, det er

Solbakkefolket vi har lige bag os", sagde Faderen. Thorbjørn så ikke tilbage; men Moderen sagde: „Ja, det er det også; — — men jeg ser ikke . . . . jo, der langt bag." Enten fordi Granlidfolket herefter gik fortere eller fordi Solbakkefolket sagtnede på sig, blev der større og større Afstand mellem dem, tilsidst så man neppe hverandre. Det lod til at blive folksamt ved Kirken; den lange Bygdevej var sort af Folk, gående, kjørende og ridende; Hestene var vælige nu i Høsttiden og lidet vante til at være sammen med flere, hvorfor der var et Knæg og en Uro over dem, som gjorde Farten farefuld, men meget livlig.

Jo nærmere de kom Kirken, des større Støj stod der af Hestene, idet hver, som kom, skreg op til dem, som alt stod bundne, og disse sled i Tjøret, trampede om på Bagbenene og hvinte nedover mod dem. Alle Bygdens Hunde, som Ugen lang havde siddet og hørt på hverandre, småskjændtes og ægget hverandre, de mødtes nu her ved Kirken og røg lige ihob i det voldsomste Slagsmål, parvis og i stærke Klumper ud over al Mark. Folket stod stille langs Kirkemuren og Husene, førte en hviskende Samtale og så blot til hverandre fra Siden af. Vejen, som førte forbi Muren, var ikke bred, Husene lå tæt til på den anden Side, og nu stod Kvindfolkene gjerne langs med Muren, Mandfolkene midt imod dem langs Husene; først senere vovede de at gå over til hverandre, og om Kjendtfolk så hverandre på Afstand, lod de ikke som de kjendtes, før denne Tid kom, — det kunde da være, at de stod så lige i Vejen for hverandre, når den ene Part kom, at de ikke kunde undgå Hilsningen; men da skeede den med halvt bortvendt Ansigt og knappe Ord, hvorpå de gjerne drog sig til hver sin Kant. Da Granlidfolket nåede frem, blev der næsten mere stille end før, Sæmund havde ikke Mange at hilse, hvorfor det gik ret fort fremover Rækken; Kvindfolkene derimod hægtede sig strax fast og blev stående blandt de Forreste. Dette gjorde, at Mandfolkene, da de skulde gå ind i Kirken, måtte fremover igjen efter Kvindfolkene; i det Samme kom tre Vogne i Række voldsommere end nogen foregående og stansede end ikke Farten, idet de bøjede ind imellem Folkene. Sæmund og Thorbjørn, som nær var bleven overkjørt, så op på samme Tid; i den første Vogn sad Knud Nordhoug og en gammel Mand, i den anden hans Søster og hendes Husbond, i den tredie Føderådsfolket. Fader og Søn så på hverandre; Sæmund forandrede ikke et Træk, Thorbjørn var meget bleg; de lod begge Blikket slippe og glide lige ud; der mødte det Solbakkefolket, som netop havde stanset ligeoverfor dem forat hilse Ingebjørg og Ingrid Granliden. Vognene var kommen imellem, Samtalen var stivnet, Øjnene hang endnu ved de Bortfarende, og det var en Tid, før de kunde tage dem til sig igjen. Som de da Nogen og Hver begyndte at komme sig efterOverraskelsen og lod Øjet strejfe for at søge en Overgang, mødte de Sæmund og Thorbjørn, der stod og stirrede. Guttorm Solbakken bøjede bort, Konen så strax efter Thorbjørns Øjne; men Synnøve, som nok havde fået disse, vendte sig mod Ingrid Granliden og tog hende i Hånden, som for at hilse hende, skjønt hun havde gjort det en Gang før. Men de mest forlegne, det var To, som hverken vovede se op eller ned, det var Ingebjørg og Ingrid. Tjenestefolkene fulgte hver Bevægelse med megen Opmærksomhed, hine følte Alle på en Gang, at Andre gjorde ligeså, og nu gik Sæmund bent over og tog med bortvendt Ansigt Guttorm i Hånden: „Tak for sidst". — „selv Tak for sidst." Ligeså med Konen: „Tak for sidst". — „selv Tak for sidst" ; men heller ikke hun så op. Thorbjørn gik efter og gjorde som Faderen; denne kom nu til Synnøve, som var den Første, han så på. Hun så også op på ham og glemte at sige „Tak for sidst." Thorbjørn kom i det Samme; han sagde Intet, hun Intet, de tog hverandre i Hånden, men løst, Ingen fik Øjnene op, Ingen kunde flytte en Fod væk. — „Det bliver bestemt et velsignet Vejr idag," sagde Ingrid Solbakken og lod Blikket med Hast gå fra den Ene til den Anden. Sæmund var den, som svarte: „å ja; den Vind driver Skylagene væk." „Godt for Kornet, som står og trænger Tørke," sagde Ingebjørg Granliden og begyndte at børste af Sæmund bag på Trøjen, ventelig fordi hun troede, han var støvet. — „Vorherre har givet os et godt År; men det kan være uvist, om Altsammen vil i Hus," sagde Ingrid Solbakken igjen, og så hen til de To, som endnu ikke havde flyttet sig siden sidst. „Det kommer an på Folkemagten, „ sagde Sæmund og vendte sig mod hende, såat hun ikke godt kunde se did hun vilde. „Jeg har tit tænkt, at et Par Gårde skulde lægge sin Magt ihob; da gik det vist bedre." „Det kan være slig, de vil bruge Tørken på en Gang," sagde Ingrid Solbakken og tog et Skridt tilsiden. „Javist," sagde Ingebjørg og stillede sig tæt ved Manden, således at Ingrid heller ikke nu fik se did hun vilde; „men sommesteder er der tidligere modent, end på andre; Solbakken er ofte over Fjortendagene foran os." „Ja, da kunde jo vi godt hjælpes," sagde Guttorm langsomt og trådte et Skridt nærmere. Ingrid så til ham i Hast; „ellers er der mange Omstændigheder, som kan komme ivejen," føjede han til. „Det er det," sagde Ingrid og flyttede et Skridt til den ene Side, et Skridt til den anden og nok et, men så atter tilbage; Ingrid Granliden var nu også kommen til at stå tæt ved Forældrene. „Å—ja; der er mere i Veien for En, end som kan flyttes tilside," sagde Sæmund; det var ikke frit at Munden trak op til et Smil. „Vel er det så," sagde Guttorm; men Konen skjød ind: „Menneskemagten rækker ikke langt; Guds er den største, skulde jeg tro, og det kommer an på ham." „Han skulde da vel ikke have synderlig imod, at vi hjalp hverandre med Grøden på Granliden og Solbakken?" „Nej," mente Guttorm, „det kan han da ikke have imod," og han så alvorlig hen til Konen. Denne vendteSamtalen; „her er mange Folk ved Kirken idag," sagde hun; „det gjør godt at se dem søge Guds Hus." Ingen syntes at ville svare; da sagde Guttorm: „Jeg tror nok, det monnes med Gudsfrygten; der er flere ved Kirken nu end i min Ungdom." „Å ja; — Folket øges," sagde Sæmund. „Der er vel dem iblandt, kanske Størsteparten med, som blot driver hidover af Vane," sagde Ingrid Solbakken. „Kanske de Yngre," mente Ingebjørg. „De Yngre vil gjerne træffe hverandre," sagde Sæmund. — — „Har I hørt, at Præsten vil søge sig væk?" sagde Ingrid og vendte Samtalen anden Gang. „Det var slemt," sagde Ingebjørg; „han har både døbt og konfirmeret alle Børnene mine." „Du vilde vel også han skulde gifte dem først?" sagde Sæmund og tyggede væk på en Flis, som han havde fundet sig. „Jeg undrer mig på, om det ikke snart skulde være Kirketid?" sagde Ingrid og så hen til Indgangen. „Ja det er nok bedre inde end ude idag," sagde Sæmund som før. — „Kom nu, Synnøve, så skal vi gå ind." — Synnøve foer sammen og vendte sig; thi hun havde nok talt med Thorbjørn. „Vil du ikke vente til Klokken ringer?" sagde Ingrid Granliden og skottede hen til Synnøve; „så går vi Allesammen," lagde Ingebjørg til. Synnøve vidste ikke, hvad hun skulde svare. Sæmund så bagover til hende. „Venter du, så ringer det snart — for dig," sagde han. Synnøve blev meget rød, Moderen så hvast op til ham. Men han smilte til hende. „Det bliver nu som Vorherre vil; var det ikke så du sagde nys?" Og han ruslede i Forvejen bortover mod Kirken, de Andre efter.

Ved Kirkedøren var der Trængsel, og da de skulde se til, så var den ikke oppe. Netop som de gik nærmere for at spørge om Årsagen, blev den åbnet og Folk gik ind; men Nogle gik også tilbage, hvorved de Kommende blev adskilt. Op til Væggen stod To i Samtale, den Ene høj og svær med lyst, men stridt Hår, but Næse, og det var Knud Nordhoug, som, da han så Granlidfolket komme, stansede i Talen, blev lidt underlig, men stod alligevel. Sæmund skulde nu gå lige forbi ham og lånte ham et Par Øjne i det Samme, men Knud slog heller ikke sine ned, skjønt de ikke så sikker. Nu kom Synnøve, og strax hun så uventet fik Knud at se, blev hun ligbleg. Da slog Knud Øjet ned, løftede sig op fra Væggen, som vilde han gå. Nu så han fire Ansigter rettede på sig, det var Guttorms, Konens, Ingrids og Thorbjørns. Han begyndte at gå, men ret som han var ør, gik han lige på dem, så han uden selv at vide det, snart stod Ansigt til Ansigt med Thorbjørn selv; det lod som han vilde trække sig til

Siden strax; men flere Folk var komne til, det kunde ikke gjøres så let. Dette hendte lige på Stenhelden, som ligger udenfor Fagerlidkirken; oppe på Tærskelen til Våbenhuset var Synnøve stanset og Sæmund længere inde; de kunde ved at de stod højere, tydelig sees af Alle udenfor — og se dem. Synnøve havde glemt Alt og stod og stirrede på Thorbjørn; Sæmund ligeså, Konen, Solbakkeparret, Ingrid. Thorbjørn følte det og stod som naglet fast; men Knud tænkte, at han her måtte gjøre Noget, og så rakte han den ene Hånd et lidet Stykke frem, men sagde Ingenting. Thorbjørn strakte også sin lidt frem, men ikke således, at de kunde nå hverandre. „Tak for —" begyndte Knud, men huskede strax, at det ikke var nogen rigtig Hilsen her og gik et Skridt tilbage. Thorbjørn så op, og Øjet traf Synnøve, der var hvid som Sne. Med et langt Skridt frem og kraftigt Tag i Knuds Hånd, sagde han, så de Nærmeste kunde høre det: „Tak for sidst, Knud; vi kan — have Meget at tilgive Beggeto."

Knud gav en Lyd fra sig omtrent som et Hik, og det var som han to eller tre Gange forsøgte at tale; men det blev ikke Noget af. Thorbjørn havde ikke mere at sige, ventede, — så ikke op, men bare ventede. Der faldt imidlertid ikke et Ord, og som nu Thorbjørn stod der og drejede Psalmebogen i Hånden, kom han til at slippe den ned. Strax bøjede Knud sig, tog den og rakte ham den. „Tak," sagde Thorbjørn, som selv havde bøjet sig; han så op; men da Knud atter så ned, tænkte Thorbjørn, det er bedst jeg går. Og så gik han.

De Andre gik også, og da Thorbjørn nu havde sat sig ned og en Stund efter vilde se over til Kvindfolkestolen mødte han Ingebjørgs Ansigt, som smilte moderligt mod ham og Ingrid Solbakkens, der bestemt havde ventet på at han skulde se didover; thi strax han gjorde det, nikkede hun tre Gange til ham, og da han studsede derved, nikkede hun tre Gange til, endnu mildere end før. — Sæmund, Faderen, hviskede ham ind i Øret: „Det tænkte jeg." De havde hørt Indgangsbønnen, sunget en Psalme og Konfirmanterne stillede sig alt op, før han næste Gang hviskede til ham: „men Knud kan lidet med at være god; lad det bestandig være langt ifra Granliden og til Nordhoug."

Konfirmationen tog sin Begyndelse, idet Præsten kom frem og Børnene istemte Kofirmationspsalmen efter Kingo. At høre dem synge Alle på een Gang og alene, fortrøstningsfuldt og klingende, plejer gjerne røre Folk, og helst den, som ikke er kommen længer bort, end at han husker sin egen Dag. Når da dyb Stilhed følger på, og Præsten, den samme nu i over tyve År, den samme, som gjerne har havt en eller anden liden god Stund, hvori han har talt til det Bedre hos hver Enkelt af dem, — når han nu folder Hænderne over Brystet og tager i, er det gjerne ligeså megen Gråd strax som senere hen, — indtil Børnene begynder at græde; men det sker først, når Præsten taler om Forældrene, og vil, at de skal bede til Vorherre for sine Børn. Thorbjørn, som nylig havde lagt for Døden, endnu nyligere troet, at han blev et hilseløst Menneske, græd meget, men især da Børnene aflagde Løftet og Allesammen var så sikre på at holde det. Han så ikke en eneste Gang over til Kvindfolkestolen; men efter endt Tjeneste gik han hen til Ingrid og hviskede Noget til hende, hvorpå han skyndsomt trængte sig frem og ud, og Somme vilde vide, at han var tagen opover Liden og tilskogs istedenfor henad Landevejen; men de var ikke vis på det. Sæmund ledte efter ham, — begav det dog, da han så, at Ingrid også var borte. Han ledte siden efter Solbakkefolket, disse foer rundt på al Gården og spurgte efter Synnøve, som Ingen havde seet ligt til. De drog da hjemover hver for sig.

Men langt fremmi Vejen var både Synnøve og Ingrid. „Jeg angrer næsten jeg tog med,“ sagde den Første. — „Det er ikke længer farligt nu, når Fader ved om det,“ sagde den Anden. „Men han er dog ikke min Fader,“ sagde Synnøve; „hvem ved?“ svarte Ingrid, — og så sagde de ikke Mere om den Ting. „Det var nok her vi skulde bie,“ mente Ingrid, da Vejen havde gjort en stor Krog på sig og de stod i en tæt Skog. „Han har en lang Omvej,“ sagde Synnøve. „Alt kommen!“ faldt Thorbjørn ind —, han rejste sig op bag en stor Sten.

Han havde færdig i Hovedet alt det han vilde sige, og det var ikke Lidet. Men idag skulde det ikke gå trådt, for Fader hans vidste om det og vilde det, hvad han syntes at være vis på efter det, som havde hendt ved Kirken. Slig som han også selv havde længtes den hele Sommer skulde han nok nu blive dygtigere til at tale med hende end han før havde været. „Det er bedst vi går Skogvejen“. sagde han; „den fører snarere frem“. Jenterne sagde Ingenting, men fulgte. Thorbjørn tænkte at tale til Synnøve, men først vilde han vente, til de kom den Bakken opover, siden til de var over den Myren; men da de vel var over, tænkte han, det var bedst at begynde, når han var kommen ind i den Skogen der længer fremme. Ingrid, som vel syntes det gik noget langsomt med dem, begyndte at sagtne Gangen og gled mere og mere tilbage, til hun næsten ikke var synlig; Synnøve lod ikke som hun mærkede det, men begyndte at plukke en og anden Bær, som stod fremmi Vejkanten.

Det var da underligt jeg ikke skulde få Målet for mig, tænkte Thorbjørn, og så sagde han: „Det blev alligevel vakert Vejr idag.“ — „Det blev det,“ svarte Synnøve. Og så bar det et Stykke fremover igjen,

hun plukkede Bær, og han gik der. — „Det var snilt du vilde følge,"
sagde han; men herpå svarte hun ikke. — „Det har været en lang
Sommer," sagde han; men herpå svarte hun heller ikke. — Nej, sålænge
vi går, tænkte Thorbjørn, kommer vi aldrig til at snakkes ved; „jeg tror vi
gjør bedst i at vente lidt på Ingrid," sagde han. „Ja, lad os det," svarte
Synnøve og stod; her var der intet Bær at bøje sig ned efter, det havde
Thorbjørn nok seet; men Synnøve havde fået fat i et stort Strå, og nu
stod hun og trak Bærene ind på Strået.

„dag faldt mig stærkt på Minde den Tid vi gik sammen til
Konfirmationen". sagde han. „Jeg måtte også komme det i Hug". svarte
hun. „Det er mange Ting hendt siden den Gang". — og da hun Intet
sagde, fortsatte han: „men de fleste således, som vi ikke havde ventet
det." Synnøve stak sine Bær meget flittig ind på Strået og holdt Hovedet
bøjet under dette; han flyttede lidt for at se hende i Ansigtet; men som
om hun mærkede dette, fik hun lage det slig, at hun måtte vende sig
påny. Da blev han næsten ræd, han Ingenting skulde få frem; „Synnøve,
du har da vel alletider lidt at sige, du også". — Da så hun op og lo; „hvad
skal jeg sige". spurgte hun. Han fik alt sit Mod igjen og vilde tage hende
om Livet, men just som han skulde til, turde han ikke rigtig; men
spurgte blot ganske spagfærdig: „Ingrid har vel talt med dig?" „Ja," svarte
hun. „Så ved du også Noget," sagde han. Hun taug; „så ved du også
Noget," gjentog han og kom anden Gang nærmere. „Du ved vel også
Noget". svarte hun — Ansigtet kunde han ikke se. „Ja," sagde han og
vilde få fat i en af hendes Hænder; men hun var nu flittigere end
nogentid før. „Det er så lejt med det," sagde han, „at du magtstjæler
mig." — Han kunde ikke mærke, om hun smilte til det, og derfor vidste
han ikke, hvad han skulde føje til. „Kort og godt da," sagde han så med
een Gang ret stærkt, skjønt Stemmen var ikke siker: „hvad har du gjort
med den Seddelen?" Hun svarte ikke, men vendte sig bort. Han gik efter,
lagde den ene Hånd på hendes Skulder og bøjede sig nedover hende:
„svar mig!" hviskede han. — — „Jeg har brændt den."

Han tog rask og vendte hende mod sig, men da så han, at hun vilde til
at græde, og så turde han ikke Andet end slippe hende igjen; — det er da
også slemt, så let som hun tager til den Gråden, tænkte han. Bedst som
de stod, sagde hun sagte: „hvorfor skrev du den Seddelen". — „det har
Ingrid sagt dig." — „Javist; men . . . det var hårdt af dig." — „Fader vilde
det" . . . ; — „alligevel" . . . — „Han troede jeg blev et hilseløst
Menneske al min Tid; 'herefter skal jeg sørge for dig,' sagde han."

Ingrid viste sig nede i Bakken, og de tog strax på at gå. „Det var som jeg så dig bedst, da jeg ikke mere tænkte at kunne få dig," sagde han. — „En prøver sig selv, når En er alene," sagde hun. „Ja; da mærkes der bedst, hvem der har den største Magten". sagde Thorbjørn med klar Stemme og gik alvorlig ved hendes Side.

Hun plukkede ikke mere Bær nu; „vil du have de der". sagde hun og rakte ham Strået. „Tak". sagde han og så tilbage efter Ingrid; hun var atter kommen bort. Han holdt Hånden, som rakte Bærene: „så er det vel bedst, det bliver ved det Gamle," sa han, lidt svag i Målet. „Ja," hviskede hun neppe hørligt, og vendte sig bort; de gik videre fremover, og sålænge hun taug, turde han ikke røre ved hende, heller ikke tale; men han følte ligesom ingen Vægt i Kroppen og var derfor noget nær påvej at tumle overende. Det brændte for Øjet, og da de i det Samme kom på en Houg, hvorfra Solbakken godt såes, var det ham, som han havde boet der al sin Levetid og længtes did hjem. „Jeg følger hende ligeså godt over strax," tænkte han, og gik og drak Mod i sig af Synet, så han blev stærkere i sit Forsæt for hvert Skridt. „Fader hjælper mig," tænkte han; „jeg holder ikke dette ud længer, jeg må over, — må!" og han gik fortere og fortere, bare så ligefrem, det lyste over Bygden og Gården; „ja, idag; aldrig en Time længer venter jeg," og han følte sig så stærk, at han vidste ikke, hvorhen han først skulde vende sig.

„Du går rent ifra mig," hørte han en blid Stemme lige bag sig; det var Synnøve, som slet ikke kunde følge ham og nu måtte give tabt. Han blev skamfuld og vendte om, kom tilbage med udstrakt Arm og tænkte: jeg skal løfte hende over Hovedet på mig; men da han kom nær til hende, gjorde han det slet ikke; „jeg går så fort, jeg". sagde han, „Du gjør det". svarte hun.

Og de gik længer og længer fremover, — istedetfor at tale om alt Muligt, som han tænkte, talte de om slet Ingenting. Istedetfor at følge hende bent over begyndte han alt oppi Skogen at tænke: men er det også rigtig at fare så fort frem? Hun er nu så gjild en Jente, at Gud bevare mig! — rig, som alle Houger, eneste Datter — og så vaker da! Førend de endnu var begyndt at tage nedover fra Skogvejen til Bygdevejen, var han kommen overens med sig selv om, at det i alle Fald ikke var værdt at gå derover idag; der kunde snart komme Regn, tænkte han, og Kornet står ude på Stør.

De var nær ved Bygdevejen; Ingrid, som hele Tiden havde været ude af Syne, gik her lige bag dem: „Nu skal I ikke gå sammen længer," sagde hun. Thorbjørn skvat op ved det, Synnøve blev også lidt underlig, skjønt det nu vel var et Kvarter, siden de havde talt sammen . . . „Jeg havde såmeget jeg skulde sagt dig," hviskede Thorbjørn. Dertil svarte hun ikke; men det var ikke frit at hun smilte. — „Jaja," sagde han: — „en anden Gang," — han tog hendes Hånd.

Hun så op med klart og fuldt Blik; han blev varm ved det og strax løb det ham gjennem Hovedet: jeg følger — kanske! Da drog hun sin Hånd varsomt tilbage, vendte sig rolig til Ingrid og sagde Farvel, gik så sagte nedover mod Vejen. „Å — nej; det er måske bedst at vente".

De to Sødskende gik hjem gjennem Skogen. „Fik I nu tale sammen," sagde Ingrid. — „Fik vi tale sammen," svarte Thorbjørn; „jeg har aldrig seet sligt; jeg forstår mig ikke på det!" og han brød en Kvist af, den han begyndte at løve, så Bladene føg. — —

— „Nu?" sagde Sæmund og så op fra Maden, da de to Sødskende kom ind i Stuen. Thorbjørn svarte Ingenting, men gik hen til Bænken på den anden Side, ventelig for at tage af sig; Ingrid gik efter og smålo. Sæmund begyndte at spise igjen, så nu og da bortover til Thorbjørn, som havde meget travlt, smilte og spiste videre. „Kom og spis," sagde han; „Maden bliver kold." — „Tak, jeg skal ikke have Noget". sagde Thorbjørn og satte sig. — „Så?" og Sæmund spiste. En Stund efter sagde han: „I var så snare til at gå fra Kirken idag." — „Det var Nogen, vi skulde tale med", sa Thorbjørn og satte sig på Hug. „Nu, — fik du tale med dem?" „Jeg ved næsten ikke," sagde Thorbjørn. — „Det var som Fanden," sagde Sæmund — og spiste. En Stund efter var han færdig og rejste sig; han gik bort til Vinduet, stod en Tid og så ud, hvorpå han vendte sig: „Du, — vi skal gå ud og se på Grøden," sagde han. Thorbjørn rejste sig. „Nej, — tag lige så godt på dig." Thorbjørn, som sad i Skjortærmene, tog en gammel Trøje, som hang ovenover ham. — „Du ser, at jeg tager den nye," sagde Sæmund. Thorbjørn gjorde det Samme, og de gik ud, Sæmund foran, Thorbjørn efter.

De gik nedover mod Vejen. „Skal vi ikke gå hen til Bygget?" sagde Thorbjørn. „Nej, nu går vi bortover til Hveden". sagde Sæmund. Just som de kom ned på Vejen, kom en Vogn sagte kjørende. „Det er en af Nordhougvognene". sagde Sæmund; — „det er Ungfolket på Nordhoug". lagde Thorbjørn til; men Ungfolket er det samme som de Nygifte.

Vognen holdt stille, da de kom nær Granlidmændene. „Hun er rigtig et stolt Kvindfolk, den Marit Nordhoug," hviskede Sæmund og kunde ikke få Øjnene fra hende; hun sad lidt tilbagelænt i Vognen, med et Tørklæde løst bundet over Hovedet og et andet omkring sig. Hun så stivt ud for sig på de To; der var ikke en Bevægelse over hendes rene, stærke Træk. Manden var meget bleg og mager, så endnu mildere ud end sædvanlig, omtrent som den, der har en Sorg, han ikke kan tale om. „Er Karlene ude og seer til Kornet?" sagde han. „Skal tro det". svarte Sæmund. — „Det står godt her iår." — „Å — ja; det kunde have været værre." — „I kommer sent". sagde Thorbjørn. — „Det var meget Kjendtfolk at tage Afsked med". sagde Manden. „Nu, — skal du rejse væk?" spurgte Sæmund. „Jeg skulde det, ja." — — „Går den Rejse langt?" „Å — ja." — „Hvor langt på Lag?" „Til Amerika." — „Nu — da!" sagde begge Mænd på een Gang — „en nygift Mand!" lagde Sæmund til. Manden smilte: „Jeg tror, jeg bliver her for Fodens Skyld, sagde Ræven, — den sad fast i Glæfsen." — Marit så bort på ham, og derfra på de Andre, en let Rødme fløj over Ansigtet, men det var ellers uforanderligt. — „Kanske Konen bliver med?" spurgte Sæmund. — „Nej, hun gjør ikke det, heller." — „Hun skal komme efter siden?" — „Ja — En får først prøve det alene." — „Ikke galt tænkt," sagde Sæmund; „de fleste farer for fort frem, drager både Kone og Børn med strax; men må tit gjøre Venderejse med begge." — „De siger, det skal være let at komme til Magt i Amerika". sagde Thorbjørn, — han følte, at Talen ikke burde stå stille. „Å — ja". sagde Manden. — — „Men Nordhoug er en god Gård," mente Sæmund. — „Der er for Mange på den," svarte Manden; — Konen så atter hen til ham. — „Den Ene står i Vejen for den Anden," lagde han til.

„Ja, god Lykke på Rejsen," sagde Sæmund og tog hans Hånd; „Vorherre give dig det, du vil finde."

Thorbjørn så sin Skolekammerat stærkt op i Øjet: „jeg vil tale med dig siden," sagde han. — „Det er godt at kunne tale med En," svarte Manden og skrabede med Svøben i Vogngulvet. —

„Kom over til os," sagde Marit, — og Thorbjørn såvelsom Sæmund studsede og så op; — de glemte bestandig, at hun havde så mild en Stemme.

De kjørte; — det gik sagte fremover, en liden Støvsky krusede omkring dem, Aftensolen faldt lige på, imod hans mørke Vadmelsklæder skinnede hendes Silketørklæde, — en Bakke kom, og de forsvandt.

— — Længe gik Fader og Søn, før de sagde Noget. „Det bæres mig for, at han sent kommer igjen". ytrede endelig Thorbjørn. „Det er vel slig han vil have det," mente Sæmund, og de gik atter tause videre. „Du går nok forbi Hvedeageren," sagde Thorbjørn. — „Vi kan se til den på

Tilbagevejen," — og de gik længer fremover. Thorbjørn vilde ikke rigtig spørge, hvor dette bar hen; thi de gik forbi Granlidjordet. — „Skal du langt frem?" spurgte han endelig. — „Å, et Stykke endnu." — — —

9de Kapitel

Guttorm og Ingrid Solbakken havde alt spist, da Synnøve rød og anpusten traadte ind. „Men kjere Barnet mit, hvor har du været?" spurgte Moderen. „Jeg blev tilbage med Ingrid," sagde Synnøve, og blev staaende forat tage et Par Tørklæder af sig; Faderen ledte ind i Skabet efter en Bog. „Hvad kunde I to have at tale om, som tog slig lang Tid?" „Aa, ikke om Noget." „Saa var det da rigtig bedre du holdt Kirkefølge, Barnet mit!" Hun rejste sig og tog Maden frem til hende. Da Synnøve havde sat sig ned forat spise, og Moderen havde sat sig ligeover for hende sagde hun: „Var der kanske Flere du talte med?" „Ja, der var Mange," sagde Synnøve. — „Barnet maa da faa tale med Folk," sagde Guttorm. — „Vist kan hun det," sagde Moderen lidt mildere; „men hun burde dog følge sine Forældre." — Herpaa svartes der ikke.

„Det var en velsignet Kirkedag," sagde Moderen; „Ungdommen paa Kirkegulvet gjør En godt." — „Man husker sine egne Børn" sagde Guttorm. — „Du har Ret deri," sagde Moderen og sukkede — „Ingen kan vide, hvorledes det vil gaa dem". Guttorm sad længe taus: „vi har Meget at takke Gud for," sagde han endelig: „han lod os beholde eet." Moderen sad og drog Fingeren efter Bordet og saa ikke op: „hun er dog vor største Glæde," sagde hun sagte; „hun har ogsaa artet sig vel," lagde hun endnu sagtere til. Der var lang Taushed „Ja, hun har gjort os megen Glæde," sagde Guttorm — og senere med blød Stemme: „Vorherre gjøre hende lykkelig." — Moderen drog Fingeren efter Bordet, der faldt en Taare ned paa det, som hun drog udover. — „Hvorfor spiser du ikke?" sagde Faderen, idet han så op en Tid efter. „Tak, jeg er mæt" svarte Synnøve. „Men du har jo Ingenting spist?" sagde nu også Moderen; „du har gået lang Vej". — „Jeg er ikke god til," sagde Synnøve og holdt på med at trække op en Tørklædesnip af Barmen. „Spis, Barnet mit," sagde Faderen; „jeg kan ikke", sagde Synnøve og skar i at græde. „Men Kjere, hvorfor græder du?" — „Jeg ved ikke," og hun hulkede. — „Hun har det så let med at græde," sagde Moderen; Faderen rejste sig og gik til Vinduet.

„Der kommer to Mænd opover," sagde han. „Jaså, på dette Lejte?" spurgte Moderen, og hun gik også bort til Vinduet. De så længe nedover.

— „Kjere, — hvem kan det være?" sagde endelig Ingrid, men ikke netop som om hun spurgte. — „Jeg ved ikke," svarte Guttorm og de stod og så. — „Jeg kan rigtig ikke forstå det", sagde hun. — „Jeg heller ikke," sagde han. Mændene kom nærmere. „Det må være dem alligevel", sagde hun endelig. „Ja, det er nok så," sagde Guttorm. Mændene kom nærmere og nærmere, den Ældste stansede og så sig tilbage, den Yngre ligeså; gik de så videre.

„Skjønner du, hvad de kan ville?" spurgte Ingrid omtrent som første Gang. „Nej, det gjør jeg ikke," sagde Guttorm. Moderen vendte sig, gik bortover til Bordet, satte væk, ryddede lidt op; „du får tage på dig igjen, Barnet mit," sagde hun til Synnøve; „for her kommer Fremmedfolk."

Neppe havde hun gjort dette, før Sæmund åbnede Døren og kom ind, Thorbjørn bagefter; „Signe Laget!" sagde Sæmund, stansede lidt ved Døren, gik dernæst sagte fremover forat hilse på Folket; Thorbjørn fulgte. De kom sidst til Synnøve, som endnu stod borte i en Krog med sit Tørklæde i Hånden og vidste ikke, om hun skulde tage det på eller ej, vidste vel knap, at hun holdt det i Hånden." I får se til, I kan sidde indpå," sagde Ingrid. „Tak, — det er ellers ingen lang Vej hidover," sagde Sæmund, men satte sig dog; Thorbjørn ved Siden. „I kom rent bort ved Kirken idag," sagde Ingrid. — „Ja, jeg ledte efter Eder," svarte Sæmund. — „Der var mange Folk," sagde Guttorm. „Rigtig mange Folk," gjentog Sæmund; „det var også en vaker Kirkedag." — „Ja, vi sad just og talte om det," sagde Ingrid. — „Det er så underligt at se Konfirmation for dem, som selv har Børn," lagde Guttorm til; Konen flyttede sig på Bænken. — „Det er det," sagde Sæmund; „man kommer til at tænke alvorligt på dem, — og er det derfor jeg lakkede hidover i Kveld," lagde han til, så sikert omkring sig, byttede Skrå og lagde den gamle varligt ned i Messingdåsen. Guttorm, Konen, Ingrid, Thorbjørn flygtede med Øjnene, hver til sin Kant. — „Jeg tænkte, jeg skulde følge Thorbjørn hidover," begyndte Sæmund langsomt; „han kom nok sent hidover alene, — gjør også ellers dårlig Besked, er jeg ræd," — han skottede bort til Synnøve, som følte det. — „Det er nu slig, at han har havt Hug til hende Synnøve fra det han var såpas Karl, han kunde have Forstand på Sligt; — og ikke er det vel frit, at hun også har lagt sin Hug til ham. Men da tænker jeg, det er bedst de kommer sammen. — Jeg var lidet for det, den Tid jeg så, han knap kunde styre sig selv, end sige Mere; men nu tror jeg at kunne borge for ham, og kan ikke jeg, så kan hun; thi hendes Magt er nok nu den største. — Hvad mener I da, om vi så til at få dem sammen? Det kan vel ikke haste, men jeg ved heller ikke, hvorfor vi skal vente. Du Guttorm er ved god Magt, jeg rigtignok ved mindre og har Flere at dele på; men endda så tænker jeg det kan lage sig. I får da sige, hvad I synes om dette — hende spørger jeg sidst, — for jeg tror nok at vide, hvad hun vil."

Således talte Sæmund. Guttorm sad på Hug, lagde vexelvis den ene Hånd over den anden, gjorde flere Gange Mine til at løfte på sig, idet han hvergang drog Vejret med mere Magt, men kom sig dog ikke til, før den fjerde eller femte Gang, så fik han endelig ret Ryg, strøg sig op og ned over Knæet og så bortpå Konen, således at Blikket af og til strejfede Synnøve. Denne rørte sig ikke, Ingen kunde se hendes Ansigt. Ingrid sad over Bordet og stregede. — „Det er nu så, — at det er et vakert Tilbud, „ sagde hun. — „Ja, det synes jeg, vi får tage til Takke med," sagde Guttorm med høj Stemme, og så fra hende til Sæmund, der havde lagt Armene overkors og lænet sig op mod Væggen. — „Vi har bare den ene Datteren," sagde Ingrid; „vi får betænke os." — „Det var Råd til det," sagde Sæmund; „men jeg ved ellers ikke, hvad der skulde være ivejen for at svare strax, sagde Bjørnen, — han spurgte Bonden, om han måtte få den Koen hans." — „Vi kan vist svare strax," mente Guttorm og så til Konen. — „Det var nu dette, at Thorbjørn kunde være vel vild," sagde hun, men så ikke op. — „Det tror jeg har rettet på sig," sagde Guttorm; „du ved selv, hvad du sagde idag." — — Ægtefolkene så nu vexelvis på hverandre; det varte vel et helt Minut. — „Kunde vi bare være tryg på ham," sagde hun. — „Ja," tog nu Sæmund atter til Orde; „hvad den Sagen angår, så må jeg sige, hvad jeg har sagt før: det går godt med Læsset, når hun holder Tømmerne. Det er svært slig en Magt hun har over ham; det prøvede jeg dengang han lå syg derhjemme hos mig, og vidste ikke, hvor det bar hen, — til Hilsen eller ej." — „Du får ikke være for trå på det," sagde Guttorm; „du ved, hvad hun selv vil, og det er nu hende vi lever for!" Da så Synnøve for første Gang op, og det var på Faderen. — „Å — ja," sagde Ingrid efter en Stunds Taushed, og stregede nu lidt hårdere end før: „har jeg stået imod i det Længste, så har det vel været, fordi jeg havde en god Mening med det. — — Jeg var kanske ikke så hård som Ordene, — „hun så op og lo; men Gråden vilde frem. Da rejste Guttorm sig. „Så i Guds Navn er det hendt, som jeg vilde helst her i Verden," sagde han og gik bortover Gulvet mod Synnøve. — „Jeg har aldrig været ræd for det," sagde Sæmund, rejste sig nu også: „det som skal ihob, det kommer ihob!" Han gik bortover. „Nu, — hvad siger du til det, Barnet mit?" sagde Moderen, hun kom nu også hen til Synnøve.

Denne sad endnu der; de stod Alle omkring hende med Undtagelse af Thorbjørn, som sad, hvor han først havde sat sig. „Du får rejse dig, Barnet mit", hviskede Moderen til hende; hun rejste sig, smilte, vendte sig bort og græd. — „Vorherre han følge dig nu og altid", sagde Moderen, slog Armene om hende og græd sammen med hende. De to Mandfolk gik bortover Gulvet, hver til sin Kant.

„Du får gå hen til ham", sagde Moderen endnu grædende, idet hun slap hende og skjød blidt til hende. Synnøve gik et Skridt, men stod, fordi hun ikke kunde komme længer; men Thorbjørn sprang op og gik mod hende, greb hendes Hånd, holdt den, vidste ikke hvad han mere skulde gjøre og blev stående der med den, til hun sagte tog den til sig igjen. Så stod de der stiltiende ved Siden af hverandre.

Døren gik lydløst op, En stak Hovedet ind; „er Synnøve her?" spurgtes med varsom Stemme; det var Ingrid Granliden. „Ja, her er hun; kom nærmere", sagde Faderen. Ingrid ligesom betænkte sig; „kom du, her er Alt godt", lagde han til. De så nu på hende Allesammen. — Hun syntes noget forlegen: „her er nok flere ude," sagde hun. — „Hvem er det?" spurgte Guttorm. — — — „Det er Moder," sagde hun sagte. „Lad hende komme," sagde Fire på en Gang. — — Og Konen på Solbakken gik imod Døren, medens de Andre så glade til hverandre. „Du kan gjerne komme, Moder," hørte de Ingrid sige. Og så kom Ingebjørg Granliden ind i sit lyse Skaut. — „Jeg forstod det nok," sagde hun, „skjønt Sæmund kan nu Ingenting sige. Og så var Ingrid og jeg ikke god til Andet end at gå over." — „Ja, her er det, som du vil have det," sagde Sæmund og flyttede sig, for at hun kunde komme frem til dem. „Å Gud velsigne dig fordi du drog ham over til dig," sagde hun til Synnøve, tog hende om Halsen og klappede hende; „du holdt fast i det Længste, du Barnet mit; det blev dog som du vilde." Og hun klappede hende på Kind og Hår; hendes Tårer randt hende nedover Ansigtet; hun ændsede dem ikke, men strøg omhyggelig væk Synnøves. — „Ja, det er en gjild Gut du får," sagde hun, „og nu kjender jeg mig tryg for ham;" — og hun sluttede hende endnu en Gang til sig. — „Mor ved Mere i Kjøkkenet sit, hun," sagde Sæmund, „end vi Andre, som skal være midt oppi det."

Det stilnede lidt af med Gråden og Bevægelsen, Huskonen begyndte at tænke på Kveldsmaden, og talte til den vesle Ingrid om at hjælpe sig, „for Synnøve er ikke god til i Kveld." Og så gav disse To sig ifærd med at koge Rømmegrød. Mændene kom i Tale om Årets Høst og hvad det nu kunde falde sig. Thorbjørn havde sat sig borte ved Vinduet og Synnøve gled hen til ham, og lagde Hånden på hans Skuldre: „Hvad ser du på?" hviskede hun. — Han vendte Hovedet, så længe og mildt op på hende, derfra ud igjen: „Jeg ser over til Granliden," sagde han; „det er så underligt at se den herfra."